JR上野駅公園口　柳美里

河出書房新社

ＪＲ上野駅公園口

また、あの音が聞こえる。
あの音――。
聞いている。
でも、感じているのか、思っているのか、わからない。
内側にいるのか、外側にいるのかも、わからない。
いつ、いつか、だれ、誰だったのかも、わからない。
それは肝心なこと？
肝心だったこと？
誰、なのか――？

人生は、最初のページをめくったら、次のページがあって、次々めくっていくうちに、やがて最後のページに辿《たど》り着く一冊の本のようなものだと思っていたが、人生は、本の中の物語とはまるで違っていた。文字が並び、ページに番号は振ってあっても、筋がない。終わりはあっても、終わらない。

残る——。

朽《く》ちた家を取り壊した空地に残った庭木のように……

萎《しお》れた花を抜き取った花瓶に残った水のように……

残った。

ここに残っているのは、なに？

疲れ、の感覚は、ある。

いつも、疲れていた。

疲れていない時はなかった。

人生に追われて生きていた時も、人生から逃《のが》れて生きてしまった時も——。

はっきりと生きることなく、ただ生きていた気がする。

でも、終わった。

ゆっくりと、いつものように見る。
同じではないが似ている風景――。
この単調な風景のどこかに、痛みが在る。
この、似たような時間の中に、痛む瞬間が在る。
見てみる。
たくさんの人が居る。
みな、一人一人違う。
一人一人、違う頭を持ち、違う顔を持ち、違う体を持ち、違う心を持っている。
それは、わかっている。
でも、離れて見ると、同じか、似ているようにしか見えない。
一人一人の顔は、小さな水溜まりのようにしか見えない。

初めて上野駅のプラットホームに降り立った時の自分の姿を、山手線内回りの到着を待つ人々の中に探してみる。

鏡や硝子《ガラス》や写真に映る容姿を見て、自信を持ったことはなかった。とりわけ不細工ではなかったと思うが、誰かに見詰められるような容姿であったためしは一度もなかった。

容姿よりも、無口なことと無能なことが苦しかったし、それよりも、不運なことが堪え難かった。

運がなかった。


また、あの音が聞こえる。あの音だけ、血が通っているような――、鮮やかな色の付いた流れのような音――、あの時は、あの音の他には何も聞こえなくなって、あの音が頭蓋《あたま》の内側を駆け巡って、頭の中に蜂《はち》の巣があって何百という蜂が一斉に頭から飛び出そうとしているかのように騒がしく熱く痛くなって、なんにも考えられなくなって、瞼《まぶた》が雨に打たれているかのようにぴくぴく震えて、拳を握り締めて、全身の筋肉を縮めて――。

ずたずたに引き裂かれたけれど、音は死ななかった。

捕まえて閉じ込めることもできなければ、遠くに連れ去ることもできない、あの音――。

耳を塞《ふさ》ぐこともできなければ、立ち去ることもできない。

あの時からずっと、あの音の側に居る。

居る――？

「まもなく2番線に池袋・新宿方面行きの電車が参ります、危ないですから黄色い線までお下がりください」

プォォォン、ゴォー、ゴトゴト、ゴトゴトゴトゴト、ゴト、ゴト、ゴットン、ゴットン、ゴ、トン、ゴ……トン、ブーン、ルゥー、ブシュウーキキ、キキ、キィ、キ……キ……キ……ゴトッ……シュー、ルルル、コト……

＊

ＪＲ上野駅公園口の改札を出て、横断歩道を渡ったところにある公孫樹《いちょう》の木の植え込みの囲いには、いつもホームレスたちが座っている。

あそこに座っていた時は、親を早くに亡くした一人っ子のような心持ちになったものだが、福島県相馬郡の八沢村《やさわむら》から出たことがない両親は二人とも九十歳を超える天寿を全うしたし、昭和八年生まれの自分につづいて、ほぼ二年置きに、長女のはる子、次女のふき子、次男の英男《ひでお》、三女のなお子、四女のみち子、三男の勝男《かつお》、四男の正男《まさお》と下に七人もいて、末の正男とは十四歳も違ったから、弟というよりは子どもみたいなものだった。

けれど、時は過ぎた。

ここに、一人で、座っていた、歳を取り――。

束の間の浅い眠りの中で疲れた鼾《いびき》をかいて、時折目を覚ますと、公孫樹の木の葉が描く網のような影模様が揺れて、あてどなく彷徨《さまよ》っている気がした、ここに居るのに、もう何年もこの公園に居るのに――。

「もう、いい」

眠っているように見えた男の口からはっきりと言葉が飛び出し、口や鼻の穴から白いけむりがそっと立ち上った。右手の中指と人差指に挟まった煙草《たばこ》の火は、もうじき指を焦《こ》がしそうだ。長年の汗や垢《あか》で元の色が判らないほど変色はしているが、ツイードの鳥打ち帽、格子縞《こうしじま》の上着、茶色い革のブーツは外国の狩人みたいな出で立ちだ。

山下通りの坂道を鶯谷《うぐいすだに》の方に向かって走る車——、信号が青になり、視覚障害者用信号機の誘導音が、ピヨッ、ピヨピヨッと流れると、上野駅公園口改札から出てきた人が横断歩道を渡ってくる。

男は体を前に傾《かし》がせたまま、横断歩道を渡ってくる身綺麗な格好をした家のある人たちの姿を眺める、視線の止まり木を探すように——、そして、まるでそうする力しか残っていないかのような震える手で煙草を、白髪の方が多い髭だらけの口元まで持ち上げて吸い、長々と溜め息を吐いて考え事を打ち切り、老いた指を広げて煙草を落とし、色褪《いろあ》せたブーツの爪先で吸殻の火を踏み消した。

足の間に拾い集めたアルミ缶の入った90リットル半透明ごみ収集袋を置き、透明なビニール傘を杖のように握り締めて寝ている別の男……

白髪を輪ゴムで団子頭にしている女は、隣に置いた臙脂《えんじ》色のリュックサックの上に重ねた両腕を枕にして突っ伏している。

顔ぶれは変わったし、数も減った。

バブル崩壊後は数が増え、公園内の遊歩道と施設以外の場所はブルーシートの「コヤ」で埋め尽くされ、地面や芝生が見えなくなるほどだったのに——。

天皇家の方々が博物館や美術館を観覧する前に行われる特別清掃「山狩り」の度に、テントを畳まされ、公園の外へ追い出され、日が暮れて元の場所に戻ると、「芝生養生中につき立ち入らないでください」という看板が立てられ、コヤを建てられる場所は狭められていった。

上野恩賜《おんし》公園のホームレスは、東北出身者が多い。

北国の玄関口——、高度経済成長期に、常磐線や東北本線の夜行列車に乗って、出稼ぎや集団就職でやってきた東北の若者たちが、最初に降り立った地が上野駅で、盆暮れに帰郷する時に担《かつ》げるだけの荷物を担いで汽車に乗り込んだのも上野駅だった。

五十年の歳月が流れて、親兄弟が亡くなり、帰るべき生家がなくなって、この公園で一日一日を過ごしているホームレス……

公孫樹の木の植え込みのコンクリートの囲いに座っているホームレスたちは、寝ているか、食べているかのどちらかだ。

紺色の野球帽を目深《まぶか》に被り、国防色のシャツを着て、黒いズボンの膝にコンビニ弁当を置いて食べている男……

食べものに困るということはなかった。

上野には老舗《しにせ》のレストランがいくつもある。暗黙の了解で、閉店後、裏口の扉には鍵をかけない店が多かった。中に入ると、生ゴミとは別の棚に売れ残った惣菜《そうざい》をきれいな袋に分けて入れておいてくれていた。コンビニエンスストアも、店の裏にあるゴミ捨て場に、賞味期限切れの弁当やサンドイッチや菓子パンがまとめて置いてあって、回収車が取りにくるまでの間に行けば、欲しいだけもらうことができた。陽気がいい時分はその日のうちに食べないといけないけれど、寒い時は何日かコヤに置いておいても、ガスコンロで温めて食べれば大丈夫だった。

毎週水曜と日曜の夜は、東京文化会館からカレーライスの支給があったし、金曜日は「地の果てエルサレム教会」、土曜日には「神の愛の宣教者会」の炊《た》き出《だ》しがあった。「愛宣教会」はマザー・テレサで、「エルサレム教会」は韓国系だった。「悔い改めよ、天の御国は近づいた」という幟旗《のぼりばた》、ギターで讃美歌の弾き語りをする髪の長い若い娘、大鍋をおたまで掻き混ぜるちりちりパーマのおばさん——、新宿や池袋や浅草から遠出してきているホームレスもいたから、多い時は五百人ぐらいの長い列ができた。讃美歌と説教が終わると、食事が配られる。キムチ炒めとハムとチーズとソーセージが入った丼飯、納豆ご飯に焼きそば、食パンとコーヒー……主をほめよ、主をほめよ、主の御名《みな》をほめよ、ハレルヤハレルヤ……


「食べたい」

「えー食べたい？」

「食べたくない」

「じゃあ、ママ食べちゃお」

「えー、えへへ」


桜の花びらのような薄紅色の半袖ワンピースを着た五歳ぐらいの女の子が顔を斜《なな》めにして、豹柄《ひょうがら》ワンピースで体の線を浮き上がらせている水商売勤めらしい母親の顔を見上げながら歩く。

コツコツとヒールの音を響かせて、紺色のスーツを着た若い女が母と娘を追い抜いていく。

突然、大粒の雨が、今を盛《さか》りと繁《しげ》らせている桜の葉という葉をはたき、タイルを模《も》した白い舗装道路に点々と黒い跡を付けていく。人々は鞄《かばん》から取り出した折り畳み傘を広げる、赤、黒、ピンクの水玉、白い縁取りがある紺――。

　雨が降っても、人の流れは止まらない。

　二つ並んだ傘の中で、同じような黒っぽいスラックスにだぼっとしたシャツを着た老女が話をしながら歩いていく。


「朝から二十二度ぐらいなんじゃない？」

「そうねぇ」

「寒いというか、涼しいというか、凍えちゃいそうよねぇ」

「すごーい、すずしーい」

「リュウジが、向こうのお義母《かあ》さんの料理を褒め過ぎで」

「えー、ヤな感じねぇ」

「お義母さんに料理を教われって」

「いやぁねぇ、雨」

「梅雨だから、あと一ヶ月ぐらいは仕方ないわよ」

「今、アジサイどうなの？」

「ないわよ」

「コナラは？」

「コナラの時期じゃないしねぇ」

「この辺、ちょっと建物が変わったんじゃない？　スタバなんてなかったでしょ？」

「洒落《しゃれ》た感じになったわよね」


ここは、桜並木――。

毎年四月十日前後は、花見客で賑《にぎ》わう。

桜が咲いている間は「エサ取り」の必要はない。

花見客が捨てていった食べ残しを食べ、呑《の》み残しを呑めばいいし、敷物にしていたビニールシートで、一年間使って皺《しわ》が寄り雨漏りがするようになったコヤの屋根や壁を新調することができる。

今日は月曜日、動物園は休み――。

上野動物園に、娘と息子を連れてきたことはない。

東京に出稼ぎに来たのは昭和三十八年の暮れ、洋子が五歳、浩一はまだ三歳だった。

上野にパンダがやってきたのは、それから九年後、二人とも中学生になっていて動物園に行きたがる年齢は過ぎてしまっていた。

動物園に限らず、遊園地にも海水浴にも山登りにも行かなかったし、入学式にも卒業式にも授業参観にも運動会にも行ったことはなかった、ただの一度も――。

親や弟妹や妻や子どもらが待つ福島の八沢村に帰るのは、盆暮れの二回だけだった。

一度だけ、盆休みの前に何日か早く帰れた年に、ちょうどお祭りか何かがあって、原町に子どもらを連れて遊びにいった。

鹿島駅から常磐線に乗ってひと駅――、真夏で、暑くて、とにかく眠かった。体と心のどちらともが強い眠気に揺さぶられ、子どもらのはしゃぎ声も、自分の生返事も、霞《かすみ》のようにぼんやりしていたが、列車は空と山と田圃《たんぼ》と畑ばかりの風景を切り裂き、トンネルを越えて加速した。青と緑、二つの色だけになった窓硝子に、四つの手をヤモリのように広げて額と唇を付けていた子どもらの甘酸っぱい汗の臭いを鼻腔《びこう》いっぱい吸い込んで、ほんの何分かのあいだ頭をこくりこくりと前に倒した。

原ノ町駅で降りると、改札の駅員さんが、雲雀ヶ原《ひばりがはら》でヘリコプターに一回ナンボかで乗せてくれるみたいですよ、と言うので、右手に洋子、左手に浩一――、二人の手を繋《つな》いで浜街道を歩いていった。

滅多に帰らない父親に懐《なつ》かず、甘えたりねだったりすることをしない浩一が「お父ちゃん、乗りたい」と繋いでいた手をぎゅっと握り締めた。はっきりと顔が浮かぶ。言いづらいことを言いかけて、気後れして何度も口を閉じ、しまいには怒ったように真っ赤になった浩一の顔――、だが、金がなかった。あの頃で三千円ぐらいだったから、今だったら三万円以上……大金だった……

代わりに、当時十五円だった松永牛乳のアイスまんじゅうを買ってやると、洋子はすぐに機嫌を直したが、浩一は父親に背を向けて泣き出し、しゃくりあげて肩で息を刻み、金持ちの家の男の子を乗せて飛び立つヘリコプターを見上げては、拳で涙を拭《ぬぐ》っていた。

あの日の空は一枚の青い布地のように晴れ渡っていた。乗せてやりたかったのに、金がなくて、乗せてやることができなかった――、悔いが残った。その悔いは、十年後のあの日に、矢となって心を射抜き、今も突き刺さったまま、抜けることはない――。

切り傷のように真っ赤な「上野動物園　ZOO」の文字も、「こども遊園地」の看板や柵の上で両手を広げている赤、青、黄色の服を着た小人たちの指も、動いてはいない。

でも、一本の葦《あし》のように震え、話せる限りは話そうと思うのに、どうしたらいいかわからず、出口を求めて、出口こそ見たいものなのに、闇も降りないし、光も射さない……終わったのに、終わらない……絶え間ない不安……悲しみ……淋しさ……

風がサーッと木々を渡り、サラサラサラッという葉擦《はず》れと共に水滴が振り落とされたが、雨はもう降っていないようだ。

白抜きで「パンダ焼」とある色褪せたピンクのひさし、紅白の小さな提灯《ちょうちん》が揺れている桜木亭には脚立《きゃたつ》が出してあり、赤い前掛けをした女が掃き掃除をしている。

桜木亭の前の木のベンチには二人の老女が座っている。右の、白いカーディガンを羽織った老女が、「一応写真持ってきたわよ、見る?」と黄色い布バッグの中から、小さなアルバムを取り出した。広げて見せたのは、三十人ばかりの老齢の男女が三列に並んで写っている集合写真だった。

左の、白カーディガンの老女より頭一つ大きい黒カーディガンの老女は、肩に掛けたままの革バッグから老眼鏡を取り出し、写真の上に人差指の先で伸ばしたバネのような円を描きはじめた。

「これあのほら、ヤマザキ先生の奥様でしょ? ヤマザキ先生も見えたのね」

「いつも必ずお二人で見えるの。昔から、おしどり夫婦ですものね」

「この人、生徒会長の……」

「シミズさん」

「これはあれ、トモちゃん」

「笑顔に面影があるわよね」

「これ、あなた。素晴らしいわぁ、女優さんみたいじゃなぁい」

「まぁ、何をおっしゃいますかぁ」

二人の老女が寄り添って一つになった影の中で、一羽の鳩《はと》が探るように練り歩いている。

二人の老女の頭上では、二羽の烏《からす》が警告するような鋭い声で鳴き交わしている。

「このタケウチさんの隣、ヤマモトさんでしょ？　骨董品店のね……この人はソノダヨシコさん……」

「この方、ユミちゃんよ」

「あぁ、ユミちゃん。ユウコさんのお通夜でお目にかかったわよね」

「何十年ぶりかだったのに、お互いすぐにわかった」

「この人、事務のぉ、事務のぉ……」

「イイヤマさん」

「そう、イイヤマさん」

「その隣が……」

「あの、あれでしょ？　ヒロミさん？」

「そうそうそう、ヒロミさん」

「これ、ムッちゃん」

「ムッちゃんも歳とらないわねぇ」

「シノハラさんだ」

「いつもお着物お召しになってるわね」

「きれいだわよね」

「フミちゃん、タケちゃん、チーちゃん、この方はクラタさん。この方だけクラスが違ったの」

「あら、気付かなかった」

「クラタさんは、川崎にお住まいなんだけど、近所で徘徊《はいかい》している方がいてお困りだって。越後湯沢の宿で、夜みなさんお休みになったのに、この方だけ起きていてね、お茶を飲みながら話して、みんな布団に入っているのにね、話が終わらないのよ」

「あら困ったわね」

「困りましたともぉ。クラタさんのご近所で、どなたかの旦那さんが徘徊して、家の庭に立っていたとかで」

「それは、困るわね。ご近所だと、警察に通報するわけにもいかないしね」


写真を持ち歩いたことはなかった。でも、いつも、過ぎた人、過ぎた場所、過ぎた時間は、目の前に在った。いつも、未来に後退《あとずさ》りながら、過去だけを見て生きていた。

懐かしさや郷愁などという甘いものではなく、今はいつも居た堪れず、未来はいつも恐ろしかったから、気が付けばいつも、過ぎてしまえばどこにも行かない過去の時間に浸っていたのだが、時間は終わってしまったのか、一時停止しているのか、いつか巻き戻してまた始められるのか、永遠に時間から締め出されたままなのか、わからない……わからない……わからない……


家族が一緒に暮らしていた頃は、写真を撮ったことはなかった。

ものごころ付いた頃には戦争が始まっていて、食糧難で、腹ばかり空かせていた。

七、八年遅く生まれたお陰で、戦争には行かずに済んだ。
同じ部落には十七歳で志願して兵隊になった者もあったし、徴兵検査に合格しないように醬油を一升吞んだり、目や耳が悪いふりをして徴兵を逃れた者もあった。

終戦の時は、十二歳だった。

戦争に敗《ま》けて悲しい、惨《みじ》めだということよりも、食っていくこと、食わせることを考えなければならなかった。子どもなんて一人食わせていくのも大変なのに、下に七人も弟妹がいた。当時の浜通りには、東京電力の原子力発電所や東北電力の火力発電所なんてものはなかったし、日立電子やデルモンテの工場もなかった。大きな農家は農業だけで食べていけるけれど、我が家の田圃はほんの微々《びび》たるものだったから、国民学校を卒業してすぐに、いわきの小名浜漁港に出稼ぎに行って住み込みで働いた。

住み込みといっても、寮やアパートの用意はなく、大型漁船の中で寝泊まりする生活が始まった。

四月から九月にかけてはカツオ、九月から十一月にかけてはサンマ——、サバ、イワシ、マグロ、カレイなども獲れた。

船の暮らしで困ったのは、虱《しらみ》だった。服を着替える度に虱が落ちるわ、縫い目にザーッと虱が付いているわ、少し暖かくなると背中でもぞもぞ動くのがわかるわで、虱にはとにかく悩まされた。

小名浜の出稼ぎは二年目で終わりにした。

親父が北右田の浜でホッキ貝を採りはじめたので、その手伝いをすることになった。木製の小さな舟で海に出て、アサリ採りに使う鉄製の馬鍬《まんが》を底に沈めて、ワイヤーなんてなかったからロープで、手で引っ張っては足で押さえ、引っ張っては押さえて、親父と二人で毎日毎日ホッキ貝を引き上げた。

ホッキ貝は、同じ部落の人も、他の部落の人も皆が採って、貝に繁殖《はんしょく》する間を与えず採りつづけたせいで、四、五年で採り尽くしてしまった。

長男の浩一が生まれた年に、八沢村から北海道に出稼ぎに行った叔父さんのツテを頼って、北海道の霧多布《きりたっぷ》の隣の浜中という漁村に、昆布《こんぶ》の刈り採りの出稼ぎに行くことにした。

五月の連休に田植えをやって、肥料やりや草取りを野馬追《のまおい》までに終えて——、相馬では、畑仕事でも家の改修でも借金の返済でもなんでも「野馬追までに」と言い、野馬追勘定という言葉があるくらい、野馬追を一年の節目にしている。

野馬追は七月の二十三、二十四、二十五の三日間開催される。

一日目は、宵祭《よいまつ》り。相馬・宇多郷の中村神社から総大将が出陣し、鹿島の北郷本陣で総大将お迎え。宇多郷と北郷の騎馬武者《きばむしゃ》は揃って出陣し、太田神社からは原町・中ノ郷の騎馬武者、小高神社からは小高郷の騎馬武者、浪江・双葉・大熊の標葉《しねは》郷からも騎馬武者が出陣する。

二日目は、本祭り。法螺貝《ほらがい》と陣太鼓の音を合図に五百騎の騎馬武者が一斉に進軍して、雲雀ヶ原で甲冑競馬《かっちゅうけいば》と神旗争奪戦を行う。

三日目は、野馬懸《のまかけ》。小高神社で、白鉢巻に白装束の御小人《おこびと》が素手で荒馬を捕らえ、その馬を奉納《ほうのう》する神事。

馬を借りるとか鎧兜《よろいかぶと》を揃えるだとかで何百万もかかるという話で、貧乏人には縁がない祭だったが、五、六歳の頃、親父と一緒に鹿島の副大将の家に行って、肩車をしてもらって出陣式の様子を見たことがある。

「出立は十二時半」

「十二時半、しかと賜《たまわ》りました。伝令直《ただ》ちに帰陣し、その旨お伝え申し上げます。以上」

「ご苦労。北郷侍にあってはお流れを頂戴してもらいたい」

「お流れ頂戴します。なお、宇多郷本陣での騎馬のご無礼、何卒ご容赦願います。これにて伝令直ちに帰陣致します」
「お役目ご苦労。道中気をつけて参られよ」

「相馬流れ山ナーエ　ナーエ　ッサーイ
習いたきゃござれナーエ　エーッサイ
五月中の申ナーエ　ナーエ　ッサーイ
アレサ御野馬追いナーエ　エーッサイ」

武者たちはそれぞれの馬に跨《また》がり、青々とした田圃の畦道《あぜみち》を進んでいく――、風にはためく旗印が一つ一つ違うのが面白くて、「あ！　あの旗はムカデだ！」「蛇《へび》がからまってるよ！」「あっちの旗は馬が逆立ちしてる！」と親父の頭上で大声を上げて旗を指差していた。

北海道へ出稼ぎに行くのには汽車で二昼夜かかった。鹿島から常磐線に乗って仙台に行き、仙台から東北本線で青森に行き、青函連絡船に乗って函館に着いたら、朝になっていた。

函館から函館本線に乗って、十勝山脈と狩勝峠《かりかち》を越えなければならないのだが、機関車二台で引っ張っても急勾配でなかなか前に進まず、列車から降りて外で小便をしても追い着くぐらいのスピードしか出なかった。

南米チリでマグニチュード九・五、震度六の大地震があった年だった。霧多布《きりたっぷ》でも津波で亡くなった人が十一人あったという。電柱の上の方に毛布みたいなものが絡み付いているのを見て驚き、ひと足先に住み込んでいた叔父さんに「あんなどごまで、津波来たんだか？　ほんとだが？」と訊ねたら、「ほんとだ。六メートルぐらいあったって言うど。霧多布は昭和二十七年の十勝沖地震の時も、おっきな津波が来て、その津波で北海道本島から切り離さっち、島になったんだど。もともと陸つづきだったどごさ橋を架けてたんだげんちょ、今回の津波で橋ごど流さっちゃんだど」と言って、二人で身を硬くして海の前に立った。

海は一面昆布だらけだった。昆布は長いのだと十五メートルぐらいはあるから、竿《さお》の先にくっつけてあるシバで引っ掛けて船に寄せて、手で引き抜いていった。浜に戻ると、今度は馬車で昆布を揚げて一本ずつ浜に干していく。浜が昆布で真っ黒になるまで干して並べて、干して並べて――。

それを二ヶ月やって、十月初めには稲刈りに帰る、そんな暮らしを三年ぐらいつづけた。腰を痛めて農作業も覚束《おぼつか》なくなった親父と、勝男と正男は進学を希望しているし、洋子と浩一もこれからまだまだ金がかかるからと話し合い、東京に出稼ぎに行こうと腹を決めた。

東京オリンピックの前の年、昭和三十八年十二月二十七日、暮れも押し迫った寒い朝、まだ暗いうちに家を出て鹿島駅に行き、五時三十三分の常磐線の始発列車に乗った。上野駅に着いたのは昼過ぎだった。数え切れないほどのトンネルを抜けたために、蒸気機関車のけむりで真っ黒に煤《すす》けた顔が恥ずかしくて、プラットホームを歩きながら列車の窓に何度も顔を映し、帽子のつばを上げたり下げたりしたのを覚えている。

世田谷の太子堂にある谷川体育株式会社の寮に入った。プレハブの寮で、一人六畳で、便所と風呂は共同だった。朝と晩は、煮炊きできる同僚が飯と味噌汁と簡単なおかずを作ってくれた。重労働だったから、丼二杯は食べないと体が持たなかった。

弁当は、弁当缶なんて気の利いたものはなかったし、あったとしても、そんなものを買う金はなかったから、朝飯《あさめし》の後に丼に飯を詰めて、皿で蓋をして、風呂敷でぎゅっと結《ゆわ》えて、電車に乗って現場に向かった。おかずは、休憩が一時間あったから、現場近くの商店街でコロッケとかメンチカツを買って食べた。

仕事の内容は、東京オリンピックで使う陸上競技場や野球場やテニスコートやバレーコートなどの体育施設の土木工事。土木といっても、ブルドーザーやショベルカーなどの重機なんていうものは見たこともなかったし、出稼ぎ労働者には操縦できなかったから、ツルハシやスコップで土を掘って、リヤカーで土を運んで、全て人力。東北の農家出身が多かった。みんな「土方《どかた》仕事は畑さ耕すのとおんなじだべ」と笑っていた。五時で仕事が退《ひ》けると、連れ立って呑みに行っていたが、幸か不幸か、自分は下戸《げこ》だった。それでも何度か、「今日はおらのおごりだ!」と誘われて断り切れず、付き合ってはみたものの、どんなに無理をしてもコップ一杯のビールが限界だったので、次第に誘われなくなっていった。日当千円、地元で同じ時間働いて得られる賃金の三、四倍だった。残業は二割五分増しだったから、喜んで毎晩残業をして、日曜祝日も働きに出た。

月給は十五日締めだった。毎月二万円だかそれくらいは仕送りしていた。当時の教員の月給と同じぐらいだったから、今にすると二十万円ぐらいにはなっていたと思う。

「仕事が薄いなぁ」

と言って、ポキンと楓《かえで》の枝を折ったホームレスのジージャンには覚えがある。漂白剤を零《こぼ》したのか、背中の白い染みが北海道の形によく似ていたから、間違いない。あれは、自分が着ていたジージャンだ。布ゴミの日に広小路のゴミ収集所で拾って、春先の肌寒い日には重宝していた……コヤの天井に吊るしておいたが、きっと誰かが持ち去ったんだろう……姿を消した後に……

「これだけ景気が悪いと、小さいところとか大きいところに行っても鼻糞みたいな扱いだよ」

と、鳥の巣のような白髪頭と重ね着した襤褸《ぼろ》のスカートを揺らした老女はハイライトに火をつけて、けむりを吸い込んだ。

この顔は、知っている……老いた顔に似合わない滑らかな額……知っている……おはよう、と挨拶をしたこともある……立ち話をしたこともあったはずだ……

「三、四十人のところがいちばん悪いね、いちばん中途半端」

「この前、小田急線に乗ってさ」

「小田急線なんてハイカラなとこ行くのか？」

「死んだシゲちゃんの飯場《はんば》があったじゃないか」

「シゲちゃん？　死んだのか？」

「死んじゃったんだよ、シゲちゃん、コヤで冷たくなってたんだよ」

「死ぬよ、そりゃ、いい歳だろうが」

老女の目が、突然どんよりと沈み込んだので、慰《なぐさ》めてやりたかったが、肩に手を置くことも、悔やみの言葉を声にすることもできなかった。

シゲちゃんのことは、知っている。シゲちゃんはインテリだった。いつも拾った新聞や雑誌や本を読んでいた。きっと頭を使う仕事をしていたのだと思う。

いつだったかコヤに子猫を投げ入れられて、アルミ缶を売った金で動物病院で去勢手術をして、エミールと名付けて可愛がっていた。「山狩り」の時にはリヤカーに乗せて移動し、雨の日はビニール傘を差し掛けてやるほどだった。

江戸の人々に時を知らせるために作られ、朝夕六時と正午の三回、寛永寺の僧侶によって打ち鳴らされる「時の鐘」の向かいの丘に、大仏のお顔のお堂があることを教えてくれたのも、シゲちゃんだった。

「大仏のお首はですね、大地震で三回、火事で一回、合わせて四回も落ちていて、誠にお労《いたわ》しい限りです。最初に落ちたのは一六四七年で、そのままにしておくのはお気の毒だということで、大仏再興のために江戸中を托鉢《たくはつ》して回った僧侶があったそうなのですけれども、誰も寄進する者がなくてですね、日が沈む頃に帰りかけると、一人の物乞《ものご》いが近付いてきたんだそうです。その物乞いが鉄鉢に一文銭を投げ入れ、それがきっかけでご寄進が集まり、二丈二尺の大仏ができあがったと伝えられています。しかし、約二百年後の火災でまた落ち、元通りになったと思ったら十年後の安政の大地震でまた落首、また復首――、戊辰《ぼしん》の役《えき》、上野の戦では無事だったのに、大正十二年の関東大震災で完全に倒壊してしまった、ということです」

何事も教師のような語り口で話す不思議な人だったが、案外ほんとうに教師だったのかもしれない。

その時、シゲちゃんに、自分は、無線塔のことを話した。浜通りでは、原町といえば無線塔というほど有名で、昭和五十七年に解体されるまでは原町のシンボルだった。無線塔は大正十年に完成して、二年後の関東大震災の時に「本日正午横浜において大地震に次いで大火災起こり、全市ほとんど猛火の中にあり、死傷算なく、全ての交通通信・機関絶滅した」と打電し、それが全世界に報道された、と――。

それを聞くと、シゲちゃんは、

「不忍池《しのばずのいけ》の水が役立ったと言われていますが、関東大震災の時、上野公園は焼けませんでした。周りはかなり焼けて、公園の正面にあった松坂屋は全焼。火事から逃れた避難民は、上野周辺だけではなく日本橋、京橋方面からも殺到して、田舎へ帰ろうと家財一式を大八車《だいはちぐるま》に積んでやってきたので、上野駅構内や線路にも人があふれて列車も動かせない状態だったそうです。行方不明者が多かったから、西郷さんの銅像の台座には尋ね人の貼り紙がたくさん貼られました。

昭和天皇は軍服姿で、被災者がひしめく上野公園を視察され、防災上非常に重要であることを認識されました。そして大正十三年一月、今上陛下《きんじょう》御慶事記念として東京府に下賜《かし》されて『上野恩賜公園』という名前になったのですよ」

と、芝生の上に横になって両目を閉じているのに長い尻尾の先をぴくんぴくんと動かしている虎猫のエミールをいとおしげに眺めた。

昭和天皇を間近に見たことがあるとは、シゲちゃんには話さなかった。

昭和二十二年八月五日午後三時三十五分、お召し列車が原ノ町駅に停まり、天皇陛下は駅前に下車されて七分間滞在された。

小名浜漁港の出稼ぎから帰ってきた直後の出来事だった。

圧迫感を覚えるような真っ青な空だった。アブラゼミの鳴き声が本陣山全体を震わせ、その鳴き声から押し出されるようにミンミンゼミが鳴きしきっていた。太陽を融《と》かしたような陽射しがめらめらと揺らめいて、人々の白いシャツも緑の葉も、何もかも眩しくて目を開けていられなかったが、駅前に集まった二万五千人の一人として、帽子を被らず、身じろぎもしないで、天皇陛下を待っていた。

お召し列車から降りられたスーツ姿の天皇陛下が、中折れ帽のつばに手を掛けられ会釈《えしやく》をされた瞬間、誰かが絞るような大声で「天皇陛下、万歳！」と叫んで両手を振り上げ、一面に万歳の波が湧き起こった――。

「シゲちゃんが死んじゃうなんて、信じられるかね？」

「タバコの灰、なかなか落ちないね」

「八十五年もタバコ吸ってりゃ、うまくもなるだろうさ」

「ケッ、おまえさんは、赤ん坊ン時からタバコくわえてんのかよ」

「シゲちゃん、死んじゃったんだよ」

「シゲと浮気したのか？」

「首吊って死ねって言うんだよ！」

「薄汚いババァの癖に、なんでそうツンツンすんだよ」

「テメー！　コノヤロー！　心臓食っちゃうぞ！」

「山谷《さんや》のババァよりコエーや。来たッ、ダニッ！」

と、ホームレスの老人は自分の脛《すね》をはたいた。

「バカッ、アリだよ」

老女は足下に目を落とし、革靴を履いている右足と運動靴を履いている左足を眺め、運動靴の方の紐がほどけているのに気付きはしたが、屈《かが》んで結び直そうとはしなかった。

「まぁそうツンケンしないで座れ！　座れよ！」

「座るとこなんか、ありゃしないじゃないか」

「まぁ、座れ」

男は、植え込みのコンクリート枠に腰掛けて、ポケットの中から紙切れを取り出した。

「これ五千円くらいになるよ。当たったら、半分やるよ」

女は男の隣に座り、馬券の文字をぶつぶつと読んだ。

「とぅいんくる、だいさんじゅうごかい、ていおうしょう、じゅういちれえす、うまさんれんたん、いち、じゅうに、さん、ごひゃくえん、いち、おおえらいじん、きむらけん、じゅうに、みらくるれじぇんど、うちだひろゆき、さん、とおせんごらいあす、はしもとなおや」

女が吸い尽くして、革靴の右足の方に投げ捨てた煙草の吸殻からは、まだけむりが立ち上っている。男と女の足下で列を作っている蟻《あり》は、蟻から蟻へと連なって、樹の幹の上へ上へと這い上っているが、蟻の巣があるのは樹の上ではない――、上野恩賜公園の樹には、病院や役所や図書館の傘立ての鍵のようなプラスチックの丸い札が付けられていて、この樹は青のA620――、ざらざらとした樹皮の感覚を思い出してみる、蟻が皮膚を這う感覚も――、蟻の巣があるのは、樹の上ではない。蟻は樹から下りていく。蟻は連なって、白い鳩の糞が点在しているアスファルトのなだらかな坂道を下りていき、青いビニールシートで覆《おお》われたコヤが集められた一角へと入っていく。その一角は樹が描かれた鉄製のパネルで囲われ、パネル上部の金網は白い雲がプリントされた青いビニールシートで覆い隠されている。

コヤの中からラジオの国会中継が漏れている。

「昨年の三月の事故を踏まえて、複雑な感情を持っていらっしゃる国民がたくさんいらっしゃることも承知をしておりますけれども、それを踏まえて、国論を二分するテーマについてもしっかりと責任ある判断をしなければいけないのが政府の役割だと思っておりますので、折につけそういうご説明はしていきたいという風に思います」

「サイトウヤスノリくん」

「その作られた安全基準というのが、安全神話のもとで作られた安全基準で、それを稼働させるということで、皆さんは矛盾に感じられて怒っているわけでございます。今回の再稼働はどう見たっておかしいという怒りの声ですので、是非、総理、よく考えて判断していただきたいと思います……」


どこか近くで草刈機の音が聞こえる。

刈られた草の青々しい匂いがする。

コヤの中から即席ラーメンを鍋で煮ている匂いがしてくる。

雀《すずめ》の群れが何かに驚き、節分の豆をばらまいたように飛び立つ。

額紫陽花《がくあじさい》が咲いている。周りの薄紫の花が中央の濃く小さい紫の花の塊を額のように縁取っている。

生きている時は、そういうものが孤独を感じさせた。

音も景色も匂いも全部混ざり合って、だんだんと薄れていき、だんだんと小さくなっていき、指を伸ばせば何もかもが消えてしまいそうにも感じられるが、触れる指がない、触れることができない、五本の指に五本の指を重ねることもできない。

存在しなければ、消滅することはできない。

「内閣総理大臣」

「色々なアンケートがあると思います。それぞれ色々なアンケートをしていることも承知でございますけれども、基本的には、被災者の皆様のためには、これは、我が政権は昨年の九月に発足をしましたけれども、震災からの復興、そして原発事故との戦い、日本経済の再生、これは最優先かつ最重大の課題として位置付けております。そして、被災者のためにに寄り添った政策というものは、しっかりとこれからもやっていきたいと思います」

不意に雨が落ち、コヤの天井のビニールシートを濡《ぬ》らす。雨が、雨の重みで落ちる。生の重みのように、時の重みのように、規則正しく、落ちる。雨が降る夜は、雨音から耳を逸《そ》らすことができず、眠ることができなかった。不眠、そして永眠——、死によって隔てられるものと、生によって隔てられるもの、生によって近付けるものと、死によって近付けるもの、雨、雨、雨、雨——。

一人息子が死んだ日も、雨が降っていた。

＊

「皇太子妃殿下は、本日午後四時十五分、宮内庁病院でご出産、親王がご誕生になりました。御母子《おんぼし》共にお健《すこ》やかであります」

昭和三十五年二月二十三日、ラジオのアナウンサーが快活な声でニュースを読み上げた。しばらくすると、二重橋前や東宮仮御所前に紅白の提灯《ちょうちん》を手にして集まった民衆が太鼓を打ち鳴らしたり君が代を斉唱したり万歳を三唱したりする声がラジオから聞こえてきた。

外からも花火の音が、ドーンドーンと二、三十発は上がったかもしれない、鹿島町役場の方からドーンドーン、ドーンドーンと――。

節子が産気付いたのは前の日の朝だった。

二年前に生まれた洋子の時と違って大変な難産だった。丸一日苦しみ、お袋は「ほだごどもあんだんべ、あんましあっぱとっぱしねぇで、日ぃ暮れる前に生まれっぺ」と言ったが、目は心配そうで声は震えていた。二日目の日が暮れても、節子は真っ赤な顔で歯を食い縛り脚をばたつかせていた。同じ部落にある節子の実家に行くと、鹿島町の今野トシつぅ産婆が腕いいみてえだから呼びさ行ってこぉと言われた。

うちに帰って、産婆さ呼びさ行ってくっからと言うと、お袋はぎゅっと口を噤《つぐ》み、親父は暗い顔をした。ラジオではさっきとは別のアナウンサーが、親子対面を果たされ東宮仮御所にお帰りになった皇太子殿下を万歳でお迎えする民衆の声と共に「皇太子様おめでとうございます。皇太子妃様おめでとうございます。皇太子様のお姿を見た国民は大喜び。万歳の声にも一段と力が入ります。誠におめでとうございます」と喜びを声いっぱいに表していた。黒くなった居間の窓硝子に、家族の中で一人だけ立ち尽くしている自分の姿がぼんやりと映り込んだ。産婆に払う金がないということはわかっていたが、借金の算段をしている時間はなかったし、もうどこからも借りることなどできなかった。唾を呑んだそばから唾が湧いて、口中唾でいっぱいになってラジオの声が遠退《とおの》き、もう一度唾を呑むと、沈黙すら聞こえなくなった。

親父とお袋が視界から消えて、外を走っていた。それでも、走りながら金のことを考えていた。これっぱっこの金もねぇ、これっぱっこの金もねぇ、と言いながらひた走っていた。

浩一が生まれた頃は、貧乏のどん底だった。親父の手伝いで北右田の浜でホッキ貝を採《と》って生計を立てていたのだが、稼いだ金は信金、金物屋、米屋、酒屋へとあっと言う間に流れて、手元にはいくらも残らなかった。

お袋と節子は家族の腹を満たすために春先から秋口にかけて雨の日以外は毎日野良《のら》に出て、陸穂《おかぼ》を植え、芋を植え、南瓜《かぼちゃ》を植え、菜っ葉を植え、収穫して家に持ち帰った。

冬になると、お袋と節子二人して家族のセーターを編む。安物の毛糸だったからすぐに穴が開くのだが、それをていねいにほぐし毛糸を足して編み直していく。末の妹のみち子が左右の手にほどいた毛糸を掛けて、玉に巻いていくお袋や節子の手の動きに合わせて右左右左と手を動かして毛糸を送っていくのを見るのが好きだった。みち子が「なぁ、なんか歌ってくいろ」とせがむと、恥ずかしがり屋で口数が少ない節子は歌わなかったが、お袋は「オドノモリーラクナヨウデーラクナモンデネー」と歌い、「お母ちゃんは、どこでほんな歌おぼえたの？」とみち子が訊くと、「酒屋さ子守奉公に行ってた時に覚えた歌だ、七つか八つの時だなぁ」と懐かしそうに話し、オドノモリ　ラクナヨウデ　ラクナモンデネが、子守は楽なようで楽ではない、と意味が繋がった時、石でも呑んだかのように胸がつかえ、目が燃えるように熱くなった。

年がら年中、借金取りが家にやってきた。

まだ子どもだった弟の勝男や正男に「父ちゃんも兄ちゃんも今いないんです」と居留守を使わせるのだが、「ほんな嘘には騙《だま》さんにど。どこさ行ったんだ？　いつ帰《けえ》ってくんだ？」と借金取りの声がきつくなって、「いつ帰ってくっかわかんねえと言ってました」と青洟《あおばな》を啜《すす》り上げながら弟が言うと、「ほんなら母ちゃんはいねのが？　母ちゃんごど出してくいろ」と突っかかり、「母ちゃんも原町さ行ってってから、今いないんです」と弟が泣き出すと、「しょうがねぇなぁ。また来っから言っといでくいろ」とぶつくさ言いながら借金取りが帰っていく。

ほっとすると同時に、小さな子どもに嘘を吐かせなければならないなんて貧乏ほど罪なものはないなと思った。その罪の罰は貧乏で、罰に堪え切れずまた罪を犯す、貧乏を抜け出さない限りそれが死ぬまでつづく――。

借金取りとの攻防が休戦になるのは、大晦日《おおみそか》から松の内の十六日間だけだった。大晦日は家族十人で鹿島の町なかにある勝縁寺にお参りして除夜の鐘を順繰りに撞《つ》いて、正月には少しばかりだが弟や妹にお年玉を渡して、正月遊びを一緒にしてやった。凧揚げ、羽子板、歌留多《かるた》、福笑い……

二月は、一年でいちばん苦しい時期だった。

浩一が生まれる十日ほど前に、税務署から役人たちがどかどかとやってきて、家中に赤紙を貼っていった。さすがに鍋釜や卓袱台《ちゃぶだい》には貼らなかったが、箪笥《たんす》やラジオや柱時計には容赦なく貼り付けた。

親父は「ほだガラクタ持ってってもらった方がせいせいする。大助かりだ」とカストリ焼酎を呷《あお》って歯を啜ってみせたが、赤紙だらけの家で寝起きし飯を食うのは情けなかった。

あの日、浩一が生まれた日、赤紙が付いた家財が残っていたのか、持っていかれた後だったのかは、思い出せない。

覚えているのは、寒かったこと、夜道に風花《かざはな》が舞っていたこと、真っ暗闇のなか表札に顔を近付け今野という苗字を確認して木戸を叩《たた》いたこと、金のことは訊かず、訊かれなかったこと、我が家に入ると産婆が白い帽子を被り、白い割烹着《かっぽうぎ》を着たこと、節子の大きな腹に黒い喇叭《らっぱ》型の聴診器を当てたこと、居間でラジオを聞いて待ったこと、ほぎゃあほぎゃあと産声が聞こえて、「男の子です、おめでとうございます、親王殿下と同じ誕生日で、ほんとうにおめでたい」と産婆に言われたこと――。

布団の前に屈んで首を伸ばすと、節子は体の上で赤ん坊を抱き、もう乳を吸わせていた。何故か、赤ん坊より先に、節子の鎌のように曲げた腕に目がいった、野良仕事で筋肉が付いた日焼けした腕――。

今まで標準語をしゃべっていた産婆が「ほんとにめごいおぼこだなぃ」と言うと、くっくっくっと節子の体が笑いで震え、「痛い」と顔を顰《しか》めて赤ん坊から片手を離し、真冬なのに汗ばんでいる額をてのひらで押さえて、また笑った。

笑いの弾《はず》みで緊張が解け、赤ん坊の顔をじっくり見ることができた。

我が子を見下ろしている父親のはずなのに、母親の顔を見上げる赤ん坊になったような心持ちになり、不意に泣きたくなった。

浩宮徳仁親王と同じ日に生まれたから、浩の一字をいただき、浩一と名付けようと思った。

「臭いすごくない？」

「まぁ、玄関に置いてあるしね」

「それでも、臭わないわけじゃないでしょ？」

「まぁそうね。でも、臭いは慣れるから。毎日違う臭いだったら、あら？って思うけど、同じ臭いだから全然気にならない」

腰にペットボトルをぶら下げた三十代半ばぐらいの女が、三匹のトイプードルの紐を左手に束ねて歩いている。白い犬には赤い紐、灰色の犬にはピンクの紐、茶色い犬には青い紐――、女の右側には、歳は同じ頃だが少し嵩張《かさば》った女が歩いている。

「三匹もいると、餌代《えさ》バカにならないでしょ？　ドッグフード？」

「お鍋で、ご飯に鶏の笹身やら牛肉の赤身やらを混ぜて、ことこと煮てあげるんだけど、野菜不足になると困るからお大根や人参なんかも入れて、サニーレタス？　青物なんかもたっぷり入れてあげるのよ」

「人間よりいいもの食べてるわね」

「そうよぉ、こっちなんてコッペパン一つ」

「コッペパンって、最近見る？　給食とかでよく出たヤツでしょ？」

「裏通りの家族経営みたいなパン屋さんで売ってるわよ」


コツコツと靴音が響く。枯れ葉を踏むと、カサカサという音が加わる。耳で音や声を聞くことはできない。でも、耳を澄ますように聞いている気がする。目で人を追うことはできない。でも、目を凝らすように見ている気がする。見聞きしたことを声に出してしゃべることはできない。でも、しゃべりかけることはできる。記憶の中の人にならＮ生きていようと生きていまいと――。


「だって、もうすぐ朝顔市《あさがおいち》だろ」

「再来週の金土日だな」

「言問《こととい》通り、すごいことになるだろ」

「だってそりゃあ、百軒以上、露店が並ぶんだもん」

路上に小さな椅子を置き、水彩絵の具で描いた木を緑色に塗っている美大生の周りに、野球帽や麦藁《むぎわら》帽子を被った老人たちが集まっている。皆手ぶらで、空いた手をポケットに突っ込んだり、腕組みをしたり、後ろ手に組んだりしている。

誰も傘を差していない。アスファルトはいつの間にか白く乾いている。

今日は、降ったり止んだりの一日になるだろう……

今日……

一日……

あの日は、雨が降っていた。冷たい雨を避けるように頭を垂れて、濡れた靴の周りでてんぷら油のように跳ね上がる雨を見下ろし、雨に打たれて、肩を動かし、歩いて、雨の中を——。

「みんな朝顔の浴衣《ゆかた》着て、な」

「今の若いもんは浴衣なんて着ないだろうよ」

「いや着るよぉ、いいもんだよぉ」

「毎年、両手に二鉢買うんだけどな、ちゃんと咲かそうと思ったら、それなりに手をかけないとダメなんだよ。朝顔は南の方の花だから、陽当たりのいいところに置いて、日中、葉っぱが犬の耳みたいに垂れ下がってきたら、汲み置きの水か米の磨ぎ汁をやるんだ。夏休みの間は花が萎《しぼ》んだら摘み取って種ンならないように気を付けてやって、来年用の種は九月半ばぐらいだな、その頃に咲いた花で採るようにする」


道端に自転車が停まっている。

東京大空襲慰霊碑の「時忘れじの塔」の前だから、遺族が手を合わせに来たのかもしれない。

ダフ屋から依頼された日当千円の並び屋の仕事を徹夜でしている時に、一緒に並んだインテリのシゲちゃんが話してくれた。

「アメリカ軍による東京大空襲はですね、昭和二十年三月十日の深夜零時八分から始まりました。三百機もの大編隊だったそうです。B－29が超低空飛行をしてですね、焼夷弾《しょういだん》千七百トンを、人口が密集している下町に投下しました。北風の強い夜だったから瞬《また》く間《ま》に炎は津波のように町を襲いました。最も被害が大きかったのが言問橋で、隅田川両岸の人々は、橋を渡れば助かるだろうと思ったのです。子どもを抱いたり負《おぶ》ったりして走って逃げる人、自転車で逃げる人、リヤカーや荷車に家財や年寄りを乗せて逃げる人——、そこに浅草側から猛火が押し寄せてですね、人々を焼きながら橋を走って、言問橋の上は足の踏み場もないほどの焼死体で埋まってしまいました。両岸の隅田公園に仮土葬された遺体が七千体、上野公園に運ばれた遺体が七千八百体——、僅《わず》か二時間ほどで、十万人もの命を奪ったというのに、都内には公立の東京大空襲・戦災記念館は一つもなく、広島と長崎にある平和公園もないのです」

「時忘れじの塔」の前の自転車の陰には、六十歳前後の痩せた男がしゃがみ込んでいて、バックミラーに顔を映して髭を剃っていた。裁縫用の大きな鋏《はさみ》を広げて、剃刀《かみそり》のようにじょりじょりと音を立てて剃《そ》っている。黒いTシャツに白いズボンで、こざっぱりはしているが、自転車の荷台には、キャンプ用のテント、鍋、釜、傘、ゴム草履《ぞうり》などを括り付け、前籠《まえかご》には濡れた衣類や手拭いを洗濯バサミで干しているから、この男もまたホームレスなのだろう。髭を剃っているということは、日雇いの口が見つかったのか。歳を取ると土木や建築関係は難しいが、日当一万円ぐらいのオフィスビルの清掃はあるかもしれない。会社が休みの土日に、一階から十階までのエレベーターホールと廊下を洗浄して、乾いたらワックスをかけて磨いていく――。

「時忘れじの塔」は、右腕に男の赤ん坊を抱き、左手で女の子の肩を抱いた母子三人の像で、女の子は右側の空を見上げて指差しているが、赤ん坊は左側を見上げ、母親は真っ直ぐ前を向いている。

シゲちゃんは、チケット販売の窓口が開いて列が動き出すまで東京大空襲の話をしつづけた。上野公園の他の場所、大仏や時の鐘や清水観音堂や西郷さんの話とは違って、恐怖や悲しみを掻き立てながら、それを必死に追い払おうとしているような口振りだったから、シゲちゃんは、東京大空襲の生き残りで、家族の誰かの遺体とここで対面し、だからこの上野公園でコヤを作って暮らしているのではないかと思ったが、真冬で、寒くて、声を出すには余りにも唇が乾き過ぎていたし、シゲちゃんの特別な感情を読み取ったとしても、その感情の出所を確かめるようなことはしたくなかった。

「親元を離れて農村に集団疎開して、お寺や旅館で寝起きしていた子どもたちも、三月十日は陸軍記念日で、翌日の日曜日と二連休だったために、大空襲前日の九日に帰宅していたのです。上野公園には、炭化して黒焦げになってもなお抱き合う親子の遺体もたくさんありました」

この「時忘れじの塔」を見る度に、過ぎた時の前に立たされるような思いがした。洋子と浩一は二つ違いだから、ちょうどこんな感じだった頃もあったはずだ。ずっと出稼ぎで家に居なかったから、子どもたちの写真は撮っていない。自分のカメラを持ったこともない。

浩一の写真は、レントゲン技師の専門学校の生徒証の小さな写真一枚きりしかなかった。遺影で引き伸ばしてもらうと、磨《す》硝《り》子の向こう側の顔みたいにぼやけてしまった。

まるで別人だった。

でも、死んだのは、浩一だった。

東京オリンピックが終わった辺りから、東北や北海道にも都市開発の波が押し寄せ、幹線道路、鉄道、公園、河川整備などの公共事業の土木工事が盛んになり、学校や病院や図書館や公民館などの施設も次々と建設された。谷川体育株式会社が仙台支社を設けたのと同時に、世田谷の寮から仙台の寮に移り、東北・北海道方面の現場に派遣されて、野球場や陸上競技場やテニスコートなどの体育施設の土木工事に従事した。

あの日は朝から雨だったが、福島の須賀川市役所のテニスコート予定地をツルハシで掘っていた。

夜、宿に帰ると、会社から電話があって、森さん、息子さんが亡くなったと奥さんから電話があったよ、と言われた。

つい何日か前に、浩一がレントゲン技師の国家試験に合格した、と節子から電話が入ったばかりだったから、何かの間違いだと思って家に電話をかけると、浩一が下宿先のアパートで寝たまま死んでいて、変死の疑いがあるので警察で検死が行われているということだった。

雨が降っていた。

仙台に嫁《とつ》いだ洋子の旦那が、八沢の家に寄って節子を乗せて、須賀川まで車で迎えにきてくれた。

雨が降っていた。

車の中で、何を話したのか、何も話さなかったのかは、覚えていない。

東京に着いたのは朝だった。

雨が降っていた。

警察の霊安室に入ると、裸の浩一に白い布が被せてあって、監察医務院で解剖をしなくてはならないと説明を受けた。

警察を出ると、雨が降っていた。

節子と二人で、浩一が三年間暮らしたアパートに行き、浩一が死んだ布団で朝まで過ごした。

何を話したのか、何も話さなかったのかは、覚えていない。

翌朝、アパートを出ると、雨が降っていた。

霊安室の浩一は、浴衣姿で柩《ひつぎ》に納められていた。警察署の近くの旅館に泊まった洋子の旦那が、葬儀屋の手配をしてくれたということだった。

監察医に手渡された死亡診断書のいちばん下には病死及び自然死という死因が記されていて、いちばん上には氏名と生年月日が記されていた。

森浩一、昭和三十五年二月二十三日――、二十一年前、ラジオから流れてきた声が蘇った。

「皇太子妃殿下は、本日午後四時十五分、宮内庁病院でご出産、親王がご誕生になりました。御母子共にお健やかであります」

＊

浩一を安置したのは、浩一が生まれた仏間だった。

顔に被せてある白布を両手で取る。

息子の顔をまともにしっかりと見るのは、赤ん坊の時以来だった。

あの時も枕元に座って、こんな風に屈んで首を伸ばして――。

司法解剖したということだったが、顔には傷はなかった。

顔を、見る。

太鼓橋みたいな半円形の眉毛、太く短い鼻筋、ぼてっとした唇――、この子は、自分に似ている。

生まれてからずっと出稼ぎで、並んで出歩いたりすることは滅多になかったから、他人に「なんだ、似でっごど」とか「父ちゃんさ似でんなあ」などと言われる機会はなかったし、並んで写真を撮って、写真の中の自分と息子の顔を見比べたこともなかった。

浩一は、父親似だと気付いていたんだろうか？

節子は、おめは父ちゃんさ似ただ、と言ったことがあるんだろうか？

洋子の方は節子に生き写しだが、姉弟《きようだい》で、どちらが母親似でどちらが父親似だと話したことがあるんだろうか？

家を空けていた二十年余り、この家で家族がどんな会話をしていたのか、自分は知らない。

出稼ぎをしている間に、弟妹たちは銘々《めいめい》の所帯を持ち、子どもたちは小学校を卒業して、中学校を卒業して、高校を卒業して、洋子が嫁ぎ、浩一が東京に出て、家には老いた父母と節子の三人だけになってしまった。それでも自分は、浩一のレントゲン技師の専門学校の学費と生活費と、家族の食い扶持《ぶち》を家に入れるために出稼ぎをつづけなければならなかった。

十二歳の頃からずっとそうやって生きてきたから、そのことに不満を感じたことはないが――。

眠っているうちに死に、眠っているようにしか見えない浩一の、自分そっくりな顔を見ていると、自分の人生はなんだったんだろう、なんて虚《むな》しい人生だったんだろう、と思わずにはいられなかった。

洋子は全身を引き絞るようにして泣いていた。

節子は口をすっぽりてのひらで覆っていた。嗚咽《おえつ》や悲鳴を抑えるような仕草だったが、涙は流していなかった。

自分も浩一の死を告げられてから、泣いていなかった。

納得がいかなかった。

二十一歳になったばかりの一人息子の突然の死を、事実として受け容れることができなかった。

驚きと悲しみと怒りが余りにも大きくて、泣くことなどでは釣り合わない気がした。

柱時計が何度か時を打って、何時間かが過ぎたようだが、時間が過ぎているという実感を持つことができなかった。

八十歳になるお袋は合掌して、孫の顔に白布を被せて言った。

「これまで苦労ばっかかして仕送りさ金ぇ注ぎ込んで、これからやっと楽できるはずだったのに……おめえはつくづく運がねぇどなあ……明日は葬式だから、もう寝た方がいいべ。風呂は焚《た》いてあっから」と膝を立てたお袋の目尻の皺には涙が滲んでいた。

風呂に入り、剃刀を手にして、右端が欠けている四角い鏡を覗《のぞ》いた。

いつもと変わらない見慣れた顔だということに違和感を覚えた。

警察で裸の浩一を見せられた時からずっとそう名指すことを避けてきたが、仏間に寝かしている、あれは、浩一の遺体だ。

あれは、浩一の死に顔だ。

浩一は、死んだ。

明日も、これからも、ずっと死んだままだ。

そう思うと、心が震えて、震えが止められなくなり、どうやっても収まりをつけられそうになかった。

外に出ると、雨は止んでいた。

雨で洗われた空気は澄み切り、波音がいつもより近くに聞こえた。

中空には、真珠のような光沢を放つ真っ白な満月が昇っていた。

月の光が、家々を湖底に沈んだように見せかけていた。

道が一本白く延びていた。

右田浜に出るための道だった。

風が吹き、山桜の花びらが夜目《よめ》にも白く舞って、浜通りでは東京よりも二、三週間は桜の開花が遅れるのだということを思い出した。

波音が高くなった。

暗闇の中に一人で立っていた。

光は照らすのではない。

照らすものを見つけるだけだ。

そして、自分が光に見つけられることはない。

ずっと、暗闇のままだ――。


家に入ると、家族は皆床に就《つ》いていた。

布団の上に畳んである寝間着《ねまき》に着替え、枕に頭を沈め、布団にくるまった。

家の中の物音に耳を澄ましているうちにうつらうつらして、目覚めると、カーテンの隙《すき》間《ま》から薄《うす》ら陽《び》が射していた。

「おめえはつくづく運がねぇどなあ」というお袋の言葉が、胸の上に雨のように染みてきて、布団の中で拳を握り締め、隣で寝ている節子に気付かれないよう寝返りを打って背を向けた。

喪《も》主《しゆ》として組長のお宅にご挨拶に伺わなければならなかった。

風が生ぬるかった。

桜の木々が競って花びらを散らせているのが目に入った。

歩きながら、頭上にある空の高さを感じた。

晴れ渡った青空の下で、春の一日が始まっていた。

努力をしている、と思った。

努力から解放されたい、と思った。

自分は、浩一の死を告げられてから努力をしている。

これまでも働く努力はしてきたけれど、今している努力は、生きる努力だ。

死にたいというよりも、努力することに、疲れた。

桜の枝から、雀でもない山鳩でもない鶯でもない、見たことのない胸の真っ白な鳥が真っ直ぐ下りてきた。靴音を立てて近付いていているというのに、こちらを気にする素振りを全く見せず、後ろ手に白墨《はくぼく》を持ったまま黒板の前を行ったり来たりする新米教師のような足取りで砂利道を歩き回っていた。

鳥が左目の隅に消えて、ふと気になって振り返ると、鳥はもうどこにもいなかった。桜の花びらだけが降っていて、あの鳥は浩一だったのかもしれない、と思った。

時の流れが緩慢《かんまん》だった。足を速めてみても、ひと足ひと足、静けさの深みに嵌《は》まっていくようだった。このまま時の流れが、流れていると判らないほどゆっくりになったら——、死は、時が止まり、この空間に自分だけが取り残されるようなものなのか……空間と自分が消し去られ、時だけが流れるようなものなのか……浩一は、どこへ行ったのか……もうどこにもいないのか……

帰宅すると、葬儀の花輪が飾られ、襖《ふすま》がはずされ、前掛けや割烹着姿の女衆が忙《せわ》しなく行き来していた。俎《まないた》と包丁を持って、節子の実家や近所から手伝いに来てくれたのだろう、台所からいくつもの包丁の音が響いていた。

この家で節子と祝言《しゅうげん》をあげた日のことを思い出した。節子は二十一だったが、一度、双葉の親戚の家に嫁ぎ、うまくいかなくて実家に戻ったと聞いた。節子とは、子ども時分は同じ八沢尋常高等小学校に通っていたし、道や庭先で顔は合わせていたから、改まって見合いなぞはしなかった。いつの間にかそういう話でまとまっていて、ある日、紋付《もんつ》き袴《はかま》に着替えて、親戚と仲人と歩いて節子をもらいに行った。半里も離れていない家だったから、迎えに行って、白無垢《しろむく》の節子をもらって帰ってきても、一時間かからなかった。白無垢の……いや白ではねえどな……黒だったべ……確か白いのは着ねがったど、角隠しは白がったげんちょもな、花嫁衣装は白でねえべ……

甘じょっぱい煮物の匂いが漂いはじめた頃、勝縁寺の住職が縁側に現れ、「この度は大変でございましたね。臨終勤行《りんじゅうごんぎょう》を勤めさせていただきます」と縁側から直接仏間に上がった。

住職が仏壇の前に正座して、チーンチーンと磬《きん》を二声打ち鳴らすと、親族や同じ部落の真宗門徒たちも膝を正して手を合わせた。

浩一の顔の上の白布と、仏壇の蠟燭《ろうそく》から立ち上っている炎と煙と、いつの間にか、小菊の仏華が樒《しきみ》に変えられているのを見て、体中の血液の循環が乱れるほどの怯《おび》えを感じた。
「如是我聞《によぜがもん》・一時佛在《いちじぶつざい》・舍衛國《しやえこく》・祇樹給孤獨園《ぎじゆきつこどくおん》・與大比丘衆《よだいびくしゆ》・千二百五十人倶《せんにひやくごじゆうにんく》・皆是大阿《かいぜだいあ》羅漢《らかん》・衆所知識《しゆしよちしき》・長老舍利弗《ちようろうしやりほつ》・摩訶目犍連《まかもつけんれん》・摩訶迦葉《まかかしよう》……」
目を閉じ、呼吸を整え、阿彌陀経《あみだきよう》に集中しようとしたが、動悸が喧《やかま》しく、喉の底から血の塊が突き上げ、吐くかもしれないと思ったほどだった。
南無阿彌陀佛《なむあみだぶつ》、南無阿彌陀佛、南無阿彌陀佛と念仏を称《とな》えるお袋の声が右耳のすぐ側で聞こえ、和讃《わさん》を称《とな》えるために口を動かしてみた。走った直後のように息切れがして、声を出せないまま数分間が過ぎ去り、合わせた両手が冷たく硬くなるのを感じた。
「弘誓《ぐぜい》ノチカラヲカフラズバ
イヅレノトキニカ娑婆《しやば》ヲイデン
佛恩《ぶつとん》フカクオモヒツヽ
ツ子《ね》ニ彌陀《みだ》ヲ念《ねん》ズベシ
娑婆永劫《しやばようごう》ノ苦《く》ヲステヽ
浄土无爲《じようどむい》ヲ期《ご》スルコト
本師釋迦《ほんししやか》ノチカラナリ

長時《じようじ》ニ慈恩《じおん》ヲ報《ほう》ズベシ」

親父とお袋は、どんなに具合が悪い時でも、朝な夕なのお勤めだけは欠かしたことがなかった。

祖先の苦労話を語るのは親父の役目で、編み物や繕《つくろ》い物《もの》をしながら黙って聞いていたお袋は、その物語に深い愛着を感じているような面持ちだった。

うちは元から相馬にいたわけでねぇ、江戸後期の文化三年、今から二百年くれぇ前に、血ぃ滲むような苦労さして、はるばる加賀越中からこっちさ来たんだ。

加賀越中って言うど今の富山県だな、ほんでまず、礪《と》波郡《なみぐん》野尻庄字二日町さあった普《ふ》願《がん》寺《じ》の住職の浄慶《じようけい》の次男の光林が、原町に常福寺《じようふくじ》、三男の林能《りんのう》が相馬に正西寺《しようさいじ》、四男の法専《ほうせん》が双葉に正福寺《しようふくじ》を開いで、「草分け三カ寺」になったわけだ。

ほの頃、もう一人の越中僧が相馬さへえって、その御方こそ、鹿島で勝縁寺を開いた、礪波郡麻生村の西園寺の住職・円諦《えんたい》の次男、廓然《かくねん》だべ。

自分で鍬《くわ》や鋤《すき》持って畑耕して、塩田開いて、利潤米あげて、越中に帰《けえ》っては毎年十戸ずつ移民ごど連れてきて、身元引き受け人さなったから、「草鞋《わらじ》脱ぎ僧」と呼ばっちたんだ。

七代前の御先祖様のふるさとも、廓然和尚とおんなじ礪波郡麻生村、富山県だ。

ほの頃は、電車どがバスなんてもんはねがったがら、歩いてな、越後から会津にへえって、二本松がら川俣さ出て、八木沢峠越えてようやく相馬さ来たんだ。六十日ぐれぇかかったそうだ。

ほとんど着の身着のままだったげんちょ、新天地さ植えっぺど思って、ふるさとの柿の若枝を生大根に挿して携えてな、桃栗三年柿八年つって柿は育つのにかなり時間かかっけど、ほの代わりに「凶年の年ほど柿は豊作」と言わっちで、飢饉《ききん》の時とか頼りにしてたんだと。

んだから、真宗門徒の家の庭さ行くど、先祖代々の柿の木があって、「蓮如柿」とか「富山柿」とか呼ばっちんだ。このあだりの柿はほとんど「富山柿」だべした。

鹿島町で真宗門徒が多い部落は赤木、柚木、蒲庭、小山田、横手、南右田、北右田、寺内、北海老——、相馬では中村町、大野村、飯野村、原町では石神村、太田村、高平村、渋佐、大甕、雫、北原、萱浜——、小高は岡田、金房、福浦——、浪江、請戸、双葉、大熊あだりも真宗門徒が入植した土地だ。

御先祖様は、荒れ地を開拓したんだど。一等地の農地は手に入いんねがったがら、塩害の強い海《うみ》っ端《ぱた》が、獣の被害の多い山っ端にしか入植できねがったんだ。

相馬は真言宗と天台宗と曹洞宗の寺が多いべ。

ほんで、相馬は土葬、真宗は火葬。相馬だと、亡ぐなったら六文銭、杖、草鞋《わらじ》どがをお棺さ入れで、経帷子《きようかたびら》着せて冥土《めいど》の旅支度をさせっけど、真宗だと、亡ぐなっと同時にお浄土に往生して仏様になっから白衣を着せるだけだ。

真宗だと、大安や友引や仏滅なんかの日ぃ選んだり避げだりしねぇで葬式どが祝言をあげっぺ。死ぬのは穢《けが》れではねぇがら、忌中《きちゆう》の札も貼んねぇし、お清めの塩も使わねぇ。

相馬の仏壇は小せえげんちょ、真宗では二百代から四百代の立派な仏壇を持ってて、仏壇が暮らしの中心になる。

相馬は仏壇に位牌を置くげんちょ、真宗は法名や過去帳を置ぐだけだ。

相馬の家には神棚の他に大黒棚どが荒神棚どががあって、門口、茶の間、厩《うまや》、台所、井戸、便所あだりまで紙札さ貼っげんちょ、真宗の家に神棚はねぇ。

相馬では神仏の祭日どが忌日《きじつ》を大事に守っててっけど、真宗はほういうことには気ぃ遣わねぇから、正月に門松を立てねぇ。盆にも盆棚作ったり、迎え火焚いたりとかしねぇ。迎え火焚いて、これがおらん家の目印だって、え？　仏様に生まれ変わって悟《さと》りを開かれた御方が、火い焚いて目印にしねぇと帰ってこらんに？　ほだ馬鹿な話ねぇべよ。

きゅうりとなすに麻幹《おがら》挿して四つ足にして盆棚さ飾んだげんちょも、きゅうりは馬で速いがら先祖の霊が一刻も早ぐ家さ帰ってくっ時の乗り物で、なすは牛で遅いがらゆっくり帰ってもらうための乗り物だって――、うちの御先祖様はほんな馬鹿でねぇど。ほんな一年に一回しか帰ってこねぇような仏様じゃねぇど。亡ぐなっと同時に仏様に生まれ変わって、お浄土がらおらたちんどこさ帰ってきて、三百六十五日、四六時中おらたちを守りつづけてくれてる。お盆の一週間しか帰ってこねなんて、ほだ馬鹿なごどねぇべ。「南無阿彌陀佛をとなふれば　十方無量《じっぽうむりょう》の諸佛《しょぶつ》は　百重《ひゃくじゅう》　千重圍繞《せんじゅういにょう》して　よろこびまもりたまふなり」ってこの真宗勤行集に書いである。お念仏を称えだら、亡ぐなって仏様になった人たちが百重にも千重にもおらたちを取り囲んでくださって、喜んで守ってくださる、と。ほら、ここ、「よるひるつねにまもりなり」「よるひるつねにまもりつつ」と、何回も繰り返してっぺ。

相馬藩の氏神は妙見大権現で、相馬中村神社、原町太田神社、相馬小高神社の三妙見だ。毎年七月二十三日、二十四日、二十五日の三日間「野馬追」が行われっけど、真宗門徒はほの間も田畑の草取りを休まねがった。ほんで怒った「土着様」が、野馬追の間、草取り道具を取り上げっちまうこともあったそうだ。

おらたちは相馬の人らのごどを「土着様」って呼ばって、相馬の人らはおらたちのごどを「加賀者」って呼ばって、「門徒もの知らず」と蔑《さげす》んだんだ。

かなりこっぴどく痛めつけられたのは間違いねぇんだ。相馬藩の殿様から土地もらって、開墾《かいこん》すれば、開墾した土地はおめえのものにすっから働けって言わっち、一所懸命開墾して田畑を作ったのはいいんだげんちょ、水利権はもらえねがったんだ。

なんぼ田畑作っても、ほごさ水引ぐごどはできねがったがら苦労したんだ。「土着様」と話しすっぺど思っても、「加賀者」はほごさ座ってろ、って言わっち土間までしか入れてくんねぇだ。しょうがねえから、門徒たちで集まって溜池さ作って、ほの新しい溜池がら水路さ引いて、やっとこさ田畑さ水を引ぐごどができたんだど。

「土着様」は、おらたち真宗門徒が朝夕称える「正信偈《しょうしんげ》」の南無阿彌陀佛の声を遠くから聞いて、ふるさとの加賀に帰りてえって泣いてんだと勘違いして、「加賀泣き」と馬鹿にしただ。

かなり悔しい思いどがしたんだべ。親鸞上人は「念仏者は無碍《むげ》の一道なり」とおっしゃった。加賀泣きどが言わっちゃぐらい虐《いじ》めらっち、荒れた土地ごど耕してきた御先祖様のごど思えば、苦しみどが悲しみさ行く道を邪魔さいるごどはねぇ、我が身に起きたごどを真っ直ぐ受け止めて生きていがいる――。

ボーンボーンボーンボーンボーン、生まれる前からここにある柱時計の耳慣れた音が家中に響いた。

この音が浩一には聞こえていない、ということが不思議な気がして、金色の振り子の動きをじっと見詰めた。時計の余韻《よいん》が消えると、家の中は水に没したように静かになり、その静けさを聞いている気がしてならなかった、浩一が――。

時計が六時を告げる前に、同じ北右田部落や隣の南右田部落から門徒式章を首に掛けた真宗門徒が続々と集まり、勝縁寺住職と共に仏壇の御本尊に向かって声を合わせて「阿彌陀経」を称えた。

通夜勤行が終わると、仏間と居間の襖をはずして十六畳となった広間に、三台の折り畳み机を並べて通夜ぶるまいの席が設けられた。

親父に喪主の挨拶を教えてもらって、それをそのまま弔問客《ちようもんきやく》の前で言った。

「本日はご多用のところ、息子浩一の通夜にご参列いただき、ありがとうございました。浩一は、三月三十一日、東京板橋のアパートで死去しました。享年二十一歳でした。ささやかではございますが、軽ぃお食事を用意いたしました。息子の思い出話でもなさりながらお過ごしくださぃ。なお、明日の葬儀は正午から行います。何卒よろしくお願い申し上げます」

勝縁寺の住職の前に着席すると、きんぴらごぼう、お煮染《にし》め、白和《しらあ》え、山菜のてんぷら、漬物などの精進料理が運ばれてきて、弔問客の前に銘々皿とコップが用意され、喪主である自分は「奥の松」の一升瓶を両手に持って、弔問客たちに注いで回った。

「こういぢ、まだ二十歳になったばっかりだべ？　ほれなのになんで急に……」

「人間なに起ごっかわがんねぇなぁ」

「なんつったらいいが……まさがなぁ、浩一くんがなぁ……」

「大変だったべ」

「気ぃしっかり持てな」

「東京さ出て、レントゲン技師の国家試験に合格したって節子さんから、ついこの前聞いたばっかりでよぉ、鼻高いべ、これから楽しみだなぃ、なんて言ってたばっかりだったのに……ほんとに残念だなぃ……」

「もごいなぁ」

三軒隣の前田さんの次男の修くんが若い女性を連れて入ってきて、「突然のことで驚いて……」と伏し目がちに挨拶をした。

「嫁さんか？」と訊ねると、

「嫁の朋子です。年明けに浪江の請戸から嫁いできて、原町の丸屋で披露宴やったんですけど、浩一にスピーチをお願いして、浩一、すごく元気だったんです。二次会でもすごく盛り上がって、原高の校歌を皆で歌って、あれが最後になるなんて……」

朋子は、はぁっと嘆息《たんそく》を洩らすと、ハンドバッグから白いハンカチを取り出して目頭を押さえ、涙と一緒に流れ出た洟《はなみず》を拭って、両手を正座の膝に揃えた。丸みを帯びた滑らかな額と頰が、彼女の童顔をさらにあどけなく見せていた。

「浩一とは、真野小学校、鹿島中学校、原町高校と、ずっと同じクラスだったんです。おれが前田で、浩一が森で、学籍簿で名前が並んでっから、おれが呼ばっちゃ後に浩一が呼ばっちぇ……原高では、部活も剣道部で一緒だったから、いちばん仲が良かったんです。おれが部長で、浩一が副部長で……」

初めて聞く話ばかりだった。

浩一も洋子も滅多に顔を合わせない父親には懐かず、自分も何を話せばいいかわからなかった。

血を分けた子どもなのに、他人のように気が引けてしまっていた。

ふと——、東京の専門学校に三年間通っていたわけだから、向こうにも友だちがいるだろうし、もしかしたら恋人もいるかもしれない、と思ったが、自分よりも傷ついている妻に訊ねることはできなかった。もし、そういう人がいたとしても、明日の葬儀には間に合わないのだし——。

若い夫婦は寄り添ったまま仏壇の前に進み、念珠を指に掛けて合掌し、南無阿彌陀佛を称えて、お辞儀をして合掌を解いた。

「是非、ひと目、浩一に会ってやって……」節子が修くんに言った。

修くんは浩一の枕元に正座をして、両手をついて一礼し、節子が白布を取って顔を見せた。

修くんは、両手をついたまま対面し、

「眠ってるみてぇだなぁ……信じらんになぁ……」

と合掌して、新妻の隣に戻った。

自分は修くんのコップに酒を注ぎながら、浩一と酒を呑んだことはなかったし、もう二度と、そんなことを夢みることさえできないのだな、と思った。その瞬間、視界の隅から何かが飛び立ち――、あの鳥だ、今朝、隣組の組長のお宅にご挨拶に伺う道すがら見た、胸の真っ白な鳥、あれはやっぱり浩一だったのだな――、と思ったのは、何人かから酒を注ぎ返され、随分と酔いが回っていたからなのかもしれない。

「浩一は浄土さ行ったんだべか?」

妻の節子の呻《うめ》くような声が耳を打った。

節子は、いつの間にか、勝縁寺の住職の隣に座っていた。

「浄土真宗の教えでは、亡くなるということは、往生と言って、仏様に生まれ変わるということなので、悲嘆に暮れることはありませんよ。阿彌陀仏様というのは全ての命を済《すく》うと誓ってくださった仏様です。南無阿彌陀佛というお念仏を称えてくれさえすれば、それだけでお前を済うと言ってくださっています。済うということは真実の悟りを開かれた仏様に生まれ変わる、仏様に生まれ変わるということは、我々を済ってくださる側の方に生まれ変わるということです。阿彌陀仏様のお手代わりとして、今度はこの我々を、今この娑婆《しゃば》で苦しんでいる我々を済うために、阿彌陀仏様より位が下の菩薩となって還《かえ》ってきてくださるんですよ。だから、亡くなったら終わりなんてことはあり得ない。亡くなった方は、我々が称える南無阿彌陀佛というお念仏の中で我々を導いてくださっているんですよ。お通夜もご葬儀も、四十九日の法要も、亡くなった方の冥福を祈ったり、供養や追悼や慰霊をしたり、菩提を弔《とむら》うための儀式ではない。亡くなった方が仏様とのご縁を我々に与えてくださったという感謝のために行うのです。一周忌も同じ。一周忌という仏縁を我々に与えてくださり、お浄土で逢うことができるようになるまで、しっかりとお前たちを育て上げていきますよ、と亡くなった方が我々を育ててくださっているんですよ」

膝の上で静止している節子の両手の甲に筋が立っているのが見えた。指先に力が入り、何かを摑《つか》もうとしている――。

「んだげんちょ、浩一は、まだ二十歳になったばっかしで……東京のアパートでたった一人で死んだんです、誰がらも看取られずに……警察に検死やっからって言わっち、傷一つない体解剖さっち……死亡診断書には、病死とか自然死と書いてあったんだげんちょ、ほんとは、いつ死んだんだが、どんな風に死んだのかわがんねぇんです……苦しんで……お母さん、と呼んだがもしんねぇと思うど……」

三十人ばかりいる弔問客たちが押し黙り、その沈黙に同意するかのように柱時計が七つの時を打った。

見えない時間が下り立つのが見えるようだった。

住職の声が、その沈黙を穏やかに押し退けた。

「人間のいちばん悪い癖は、どうしても死に際《しぎわ》を考えてしまう。良い死に方だったか、悪い死に方だったかを、遺《のこ》された我々が考えてしまう。そうすると、どういうのが悪い死に方で、どういうのが良い死に方なのかは、ぜんぶ自分の判断になる。会津の方にぽっくり観音というのがあります。そもそもは、ある息子さんが、自分の両親が苦しまず安らかに旅立てるようにとそこにお参りに行ったのが始まりだそうですが、最近では息子や娘ではなく親が行く。おじいさんおばあさんがお参りに行って、家族に迷惑をかけたくないから、ぽっくり逝《い》かせてくださいと願を掛ける。何年かして、ほんとうに心不全で倒れて往生すると、遺された息子さん娘さん方は、さすがうちの親は立派なもんだ、誰にも迷惑をかけずにお浄土に還っていった、いやこんな素晴らしい死に方はない、おれもあんな風にぽっくり逝きたいと必ず言う。良い死に方をした、と。

ところが初七日、二七日《ふたなぬか》、四十九日、百カ日、一周忌と時が過ぎて、せめて一週間ぐらい看病したかったな、三日でも四日でもいいから手を握ったり話をしたりしたかったたねという気持ちになってくると、ぽっくり逝くのは良い死に方ではなかったのかもしれないということになる。同じ死に方でも、良い悪いが変わってくるのは、良い悪いを自分で判断しているからに他ならない。だから、死に際を説いてはいけません。阿彌陀仏様は、浩一くんが生きている時から、どんな死に際であろうと、必ず浩一くんをお浄土に導いて、菩薩としての命を与えるよと誓ってくださっているんだから、浩一くんは菩薩として我々の許《もと》に還ってきますよ」

節子の体が震え出した。

「菩薩さなった浩一と、もう一回……もう一回話さいっぺが？」

「南無阿彌陀佛を称えれば……」

節子は息を吸い込み、震える左手を右手で摑んで震えを抑えようとしていたが、うわっと畳に突っ伏して泣き出した。

柱の前で正座をしていた洋子の泣き声もかぶさってきた。

自分は泣いていなかったが、力任せにビンタされたみたいに顔中が痺れ、唇が歪んで痛いぐらいだった。

朝になった。

浩一が死んでから五度目の朝だった。

浩一が死ぬ前は、いつも瞼の中で目を覚まし、自分がどこで何をしていて、今はいつなのかということを納得して目を開けたものだが、浩一が死んでからは、浩一が死んだ、という事実に叩き起こされる。

家の内側にいて、野球少年が打った硬球が硝子を突き破って入ってくるように、一人息子の死という事実は、毎朝眠りを突き破り、毎夜眠ることを脅えさせた。

家の中はまだ薄暗かったが、チチチチチと雀の声がし、ホーホケキョと鶯の声も微かに聞こえた。あの胸の白い鳥はどんな声で囀《さえず》るのだろう——、と千切れた眠りの糸を見つけようとしたが、今度は臭いが気になった。

昨日の通夜ぶるまいの料理や酒の臭いの中に腐臭が混じっている気がする。陽気もいいし、腐りはじめているのかもしれない——。

何かの感情でいっぱいだったが、その感情がなんなのかわからないほど疲れていた。消耗し、それでもまだ緊張していた。全身で自分の感情に身構えていた。もう堪えられない、これ以上、悲しむことにも、苦しむことにも、憤《いきどお》ることにも——。

ぎゅうっと拳を握るように胃が痛み、布団の中で右手を動かし胃の辺りを撫でてみた。

やはり、腐臭がする。

目を閉じて、嗅ぐことに集中する。

腐臭は鼻腔から体内に入り、血液と共に全身を駆け巡って――、自分は生きたままこの世で腐りはじめているかもしれない、と思った。

終わった。

もう終わっているのに、生きて……

生きて、浩一を弔わなければならない。

生きて……


朝食を済ませて、節子から風呂敷包みを渡され、結び目を解いてみると、喪服だった。隣組の組長のお宅から借りてきたという。

羽二重黒無地染め抜き五つ紋付きの着物に袖を通し袴《はかま》を穿くと、節子が角帯《かくおび》を結び、袴の紐を一文字に結んでくれた。


桐の棺が運び込まれる。

棺の底に薄い布団を敷いて枕を置く。

浩一の背中に回り込んで、寝ていたシーツでくるむようにして後ろから抱き起こす。節子が門徒式章を浩一の首に掛けてやり、家族全員で頭、胴体、足を持ち上げて棺に納めた。

お袋が棺に屈み込んで、浩一の手に念珠を握らせ胸元で合掌させてやった。


勝縁寺の住職が、三つ折の半紙に「南無阿彌陀佛」の六字名号を書いた「納棺尊号」を、浩一の体の上に置いた。

「浩一くんは生前に御本山から法名をいただいていなかったので、お手次寺《てつぎでら》の住職であるわたくしが、浩一くんの代わりに仏・法・僧の三法に帰依《きえ》し尊敬することを誓う三帰依文《さんきえもん》を称えて帰敬式《ききょう》を行います」

家族全員で合掌をする。

「人身《にんじん》受け難し、今已《すで》に受く、佛法《ぶっぽう》聞き難し、今已に聞く、此身今生《このみこんじょう》に向つて度《ど》せずんば、さらにいずれの生《しょう》に向つてか此身を度せん、大衆諸共《だいしゅうもろとも》に至心《ししん》に三寶《さんぼう》に歸依《きえ》したてまつるべし」

住職は、浩一の頭髪に剃刀を三度当てる仕草をしながら、

「自《みずか》ら佛《ぶつ》に歸依したてまつる。

まさに願《ねが》わくは衆生《しゅじょう》とともに大道《だいどう》を體解《たいげ》して無上意《むじょうい》を發《おこ》さん。

自ら法に歸依したてまつる。

まさに願わくは衆生とともに深《ふか》く經藏《きょぞう》に入《い》りて智慧海《ちえうみ》の如《ごと》くならん。

自ら僧《そう》に歸依したてまつる。

まさに願わくは衆生とともに大衆を統理《とうり》して一切無碍《いっさいむげ》ならん。

無上甚深微妙《むじょうじんじんみみょう》の法《ほう》は、百千萬劫《ひゃくせんまんごう》にも遇値《あいお》うこと難《がた》し、我今見聞《われいまけんもん》し受持《じゅじ》することを得《え》たり。願わくは如來《にょらい》の眞實義《しんじつぎ》を解《げ》したてまつらん」

住職から法名が書かれた半紙を受け取った。

昭和五十六年三月三十一日　往生
法名　釋　順浩
俗名　森浩一　二十一歳

「お釋迦様は、出家者は俗名《ぞくみょう》四姓を捨て、ただ沙門釋子《しゃもんしゃくし》とのみ称すべしと言われました。お釋迦様の弟子、仏子《ぶつし》になったという意味で、釋迦の『釋』の字を姓にします。『順』の一字は、仏様の教えに従うという意味です。最後の一字『浩』は、俗名の浩一からいただきました」


葬儀が終わり、出棺の時となった。

家族で棺を取り囲み、浩一の体を白菊の別れ花で埋めていく。

棺に蓋をし、親戚の男たち六人が棺を担ぎ上げて玄関まで運ぶ。

自分は法名を書いた野位牌を持っていた。

黒い鼻緒の草履を履いて表へ出る。

眩しかった。

右田部落の皆が男も女も喪服を着ているということはわかったが、眩しくて、どの顔も真っ白で、誰がいるのか、どんな表情をしているのか見分けることはできなかった。

桜の花びらが流れていたから風が少しはあったのだろう。

喇叭《らっぱ》水仙の香りがした。

足下に目を落とすと、喇叭水仙がたくさん咲いていた。

春だな、と思った。

赤茶色の銅の屋根に彫刻が施《ほどこ》された白木の霊柩車だけがはっきりと見えた。

野位牌を親父に預け、一歩前に出て一礼をした。

光の眩しさが増し、声を押し出そうとしても押し返され、立っているのに宙吊りにされたみたいにぐらぐらした。

妻と娘に脇を支えられた。

親父が代わりに挨拶をした。

「本日は故森浩一葬儀のためにご足労いただきましてお礼申し上げます。浩一は二十一年の短い生涯を終えましたが、生前は皆様に支えられ幸せでした。淋しくなりますが、今後も皆様の変わらぬお付き合いをお願い申し上げます。本日はご会葬ありがとうございます」

棺が家の外に担ぎ出されると、会葬者が路念仏《じねんぶつ》を称えはじめた。

南無阿彌陀佛

南無阿彌陀佛

昔、この地で「加賀泣き」と蔑まれた、聞きようによっては物悲しい節回しの念仏だった。

南無阿彌陀佛
南無阿彌陀佛

移民から三代目のひいじいさんは、まだ加賀の言葉でしゃべっていた。昔は、屈葬《くつそう》の立《たて》棺《かん》を神輿《みこし》みたいによったりでしょって、山の蔭にあった焼場《のば》まで路念仏をあげながら葬列を組んだもんやわいね。火葬組《おこうぐみ》が杭を交叉させた上に立棺を置いてぇ、薪や藁を積んで火に掛けて、寝ずの番して骨にしたもんや。ハイヨセと言うて、身内の骨は一つ一つ手で拾うた――。

南無阿彌陀佛

南無阿彌陀佛
南無阿彌陀佛
南無阿彌陀佛

位牌を持って、霊柩車まで短い葬列を組んで歩いた。
この辺では男の子が生まれると、「位牌持ち生まっちぇ、いがったな」と言われるし、
「なんだ、この位牌持ちが！」とからかったりもされる。
位牌持ちが居なくなってしまった。
位牌持ちが位牌になってしまった。

南無阿彌陀佛
南無阿彌陀佛

手……足……
手には位牌を持って、足は霊柩車に向かって歩いている。

手も足もあるけれど、もう自分ではどうにもできない。
南無阿彌陀佛
南無阿彌陀佛
悲しみに引き摺られ、悲しみに何もかも持って行かれて……
南無阿彌陀佛
南無阿彌陀佛
手にも足にもなんの感じも残っていない。
ただ、うつらうつらしながら歩いている。
南無阿彌陀佛
南無阿彌陀佛

昭和三十五年二月二十三日、浩宮徳仁親王と同じ日に生まれたから「浩」の一字をいただいた。

死んでも、浩の一字は残った。

釋　順浩

南無阿彌陀佛
南無阿彌陀佛

浩一は、もうじき霊柩車に乗せられる。
霊柩車で焼場に運ばれる。
浩一は、もうじき骨になる。

南無阿彌陀佛
南無阿彌陀佛

南無阿彌陀佛
南無阿彌陀佛

霊柩車の扉が閉じられた。
クラクションが鳴り響いた。

*

「ピーンポーンパーンポーン、上野公園管理所よりお客様にお願いします。公園内での歩きタバコは周囲の人の迷惑になるおそれだけでなく、たいへん危険ですので、ご遠慮ください。タバコを吸われる場合は、吸殻入れのある場所でお願いします。皆様のご理解、ご協力をお願いします、ピーンポーンパーンポーン」

と、アナウンスが流れるが、煙草のけむりは手配師とホームレスたちが座るベンチの周りで滞っている。

土木は一万円、解体は一万から一万二千円、電気工や鳶職《とび》の経験があれば、一万三千円から一万五千円の日当に交渉次第では上乗せもある。危険な仕事が嫌だったら、運転免許証と携帯電話さえ持っていれば、日雇いの派遣に登録できる。ビルに入っている会社の引っ越しや、野外イベント会場の設営や撤去で日当六千円から一万円もらえるが、日雇いをやろうという意欲がある者は、コヤを畳んでドヤに移るだろうし、福祉事務所に頼って生活保護をもらう手立てを探すだろう。

だが、この公園で暮らしている大半は、もう誰かのために稼ぐ必要のない者だ。女房のため、子どものため、母親、父親、弟、妹のためという枷《かせ》が外れて、自分の飲み食いのためだけに働けるほど、日雇いは楽な仕事ではない。

昔は、家族が在った。家も在った。初めから段ボールやブルーシートの掘っ建て小屋で暮らしていた者なんていないし、成りたくてホームレスに成った者なんていない。こう成るにはこう成るだけの事情がある。サラ金の高利子の借金が膨らんで、夜逃げしたまま蒸発した者もいれば、金を盗んだり人を傷つけたりして刑務所にぶち込まれ、娑婆に出ても家族の許《もと》には帰れないという者もいる。会社をクビになって、女房に離婚されて子どもも家も取られて、捨て鉢になって酒や賭け事に溺《おぼ》れて一文無しになった者、転職を繰り返してハローワークに通い詰めても希望する職が見つからず、気落ちして脱け殻みたいになった四、五十代の背広を着たホームレスもいる。

落とし穴だったら這い上がることもできるが、断崖絶壁から足を滑らせたら、二度と再び人生に両足を下ろすことはできない。落ちることを止められるのは、死ぬ時だけだ。それでも、死ぬまでは生きなければならないから、細々と駄賃稼ぎをするしかない。

秋になれば、公孫樹の木の下で銀杏《ぎんなん》を拾って、洗って、ゴザで干して売ることもできる。駅のゴミ箱で漫画雑誌や週刊誌を拾って古本屋に持って行けば、一冊何十円かにはなる。堅い雑誌よりかは、若い女の水着や下着が表紙の週刊誌の方が高値で引き取ってもらえる。ビニールシートの上に雑誌を並べて捨て本屋をやっている者もいるが、地回りのヤクザにショバ代を取られる場合もあるし、ホームレス同士で雑誌の取り合いになって突き飛ばされて線路に転落し、電車に撥《は》ねられて死んだという話も聞く。一時でも何かを所有すれば、奪われ失うかもしれないという危険と不安に付き纏《つきまと》われ、気が気ではない。

その点、その日に集めた分をその日のうちに換金できるアルミ缶は気が楽だ。回収用のビニール袋を持って、道端や植え込みやゴミ箱に捨ててあるアルミ缶を拾って歩く。リサイクル業者に持って行けば、一個二円、百個で二百円、千円稼ぐには五百個、二千円稼ぐには千個――。

ここで暮らしはじめた六十七歳の時から、何度この銅像を見上げたかわからない。西郷さんは、いつもアメ横の方に体を向け、丸井のビルの辺りを眺めている。右手には犬の綱、左手は脇差しの鞘を握っているが、右手の方に力が籠もっているように見える。

西郷さんの傍《かたわ》らには、鹿児島県の県木である南米原産のアメリカデイゴが赤い花びらを散らしている。枝先に穂状に出た花は萩に似ているが、ひっそりと白や赤紫の花を付けて風や雨と共に散る萩の儚《はかな》い風情とは異なり、デイゴの落花は血痕が染みた莚《むしろ》のようだ。

デイゴの木の向こうには、彰義隊士《しょうぎたいし》の墓がある。

シゲちゃんが教えてくれた。

「西郷隆盛の銅像はですね、当初は、皇居外苑広場に設置されるはずだったのですが、西南戦争で官軍に弓引いた逆賊の銅像を皇居の近くに建設するのはいかがなものかという意見があってですね、ここ、上野公園に落ち着いたということです。服装も陸軍大将の軍服から、今の着流し姿に変更されました。

西郷さんの背後に彰義隊士の墓があって、五分も離れていないところにある清水観音堂に上野戦争で官軍の鍋島藩が撃った砲弾が保管されておるなんて、ここはなかなかおかしなところですよ。

彰義隊は江戸幕府と徳川慶喜の行く末を案じた有志たちの集まりです。最初の会合には十七人しか集まらなかったのですが、三ヶ月ほどで二千人にまで膨らんで、上野のお山に本陣を構えました。

江戸の庶民は彰義隊贔屓《びいき》だったようで、吉原では薩長を田舎者呼ばわりして馬鹿にしてですね、色を持つなら彰義隊とまで言われていたそうですよ。

彰義隊は、江戸城が無血開城をして、徳川慶喜が江戸を去ったことによって大義を失い、上野広小路から西郷さん率いる薩摩藩と長州藩を主力とする官軍が攻め込んできました。

戦況は一進一退、決め手となったのは現在の東京大学本郷構内に据えられた鍋島藩のアームストロング砲だと言われています。不忍池を越えて彰義隊が立て籠もっていた観音堂に着弾し、その二発の砲弾が錦絵と共に観音堂の境内に飾られているわけですが、実際のところは不発弾ですしね、弾丸が飛んでくるのがよく見えて、そら逃げろ、そらよけろ、などと彰義隊士が言い合っていたという逸話さえ残っているくらいです。

錦絵には、戦闘によって炎に包まれた上野のお山が描かれていますが、これは事実とだいぶ違いましてね、官軍が、徳川の色濃い上野のお山を徹底的に破壊すべく、広小路の油屋から油を運んできて火を放ち、罪のない寛永寺の建物まで焼き払ってしまったのですよ。

戦死した彰義隊士のご遺体は戦火が収まった後も上野のお山に放置されて雨に打たれていたそうですが、見るに見かねた南千住《みなみせんじゅ》円通寺の僧・仏磨と、侠客《きょうかく》・三河屋幸三郎の二人が決死の覚悟で上野のお山に穴を掘り、二百六十六人のご遺体を荼毘《だび》に付《ふ》したそうです。

その年にですね、白虎隊で有名な会津戦争が起きます。東北勢が奥羽越列藩同盟《おううえつれっぱんどうめい》を結んで戦いますが、数で圧倒する官軍には敵《かな》わず、一ヶ月に亘《わた》る籠城《ろうじょう》の末に会津の鶴ヶ城は敵の手に落ちます。

それから十年も経たないうちに、西郷さんの地元鹿児島で政府への反乱が起こり、西郷さんは城山の洞穴で自害することになります。

官軍として彰義隊や会津藩を滅ぼした西郷さんが最終的には逆賊となって官軍に滅ぼされ、西郷さんの銅像と彰義隊士のお墓が、ここ上野公園の中で隣り合っているなんて、誠に奇遇というか、因縁としか言いようがありませんな。

カズさんは福島出身でしたね。そもそもこの公園の敷地は全部、江戸の頃は寛永寺の境内《けいだい》だったのですよ。寛永寺の開山は天海さんですね、天海さんは会津高田出身です。清水観音堂の裏には、天海さんの毛髪塔があります。天海さんが上野に植えたのは染井吉野なのですが、染井吉野は幕末生まれの桜ですからね、それ以前の上野の桜の風景を取り戻そうということで、寛永寺が、桜の木でいいのがあったら接木《つぎき》の枝《えだ》を譲ってほしいと、あちこちのお寺さんに声をかけたそうです。目抜き通りに植わっておるのは吉野の桜ですし、東京都美術館の入口にあるのはですね、あれは福島県三春《みはる》町の滝桜なのですよ。他にも、国立科学博物館の脇には猪苗代出身の野口英世の銅像もありますね」

ここは、上野公園の中でいちばん外の音が聞こえる場所だ。アルミ缶で膨らんだゴミ袋や捨て雑誌を積んだ自転車を引いて歩く道すがら、よく西郷さんの前で足を止めて、目を閉じた。

車が走る音……エンジン……ブレーキ……アスファルトを滑るタイヤの音……ヘリコプターが旋回する音……

目を閉じると、音は発した位置を失って羽搏《はばた》きはじめ、音が入って来るのか、音に入って行くのか判らなくなり、音と一緒に跡形もなく空に吸い込まれていくような気がした。

あの音……

耳のすぐ側で電車が風を切って到着し、人が降り、人が乗り、走り出して見えなくなっても、プォオォン、ゴォー、ゴトゴト、ゴトゴトゴトゴト、ゴト、ゴト……頭蓋《あたま》の内側から金槌で滅多打ちにされるように……ゴットン、ゴットン、ゴ、トン、ゴ……トン、ブーン、ルゥー……音に鼓膜が引き裂かれそうで、自分の片隅に身を縮めて……ブシュウーキキ、キィ、キ……キ……キ……恐怖で息を切らし、口中を乾かして……ゴトッ……シュー、ルルル、コト……

上着のポケットに手を入れ、震える手で小銭を何枚か取り出し、自動販売機で炭酸入りジュースを買って、ひと口啜ると恐怖は鎮まり、駅の日常の流れが見えてきた。

乗車口には再び列ができていた。ジュースをもうひと口だけ飲んで、ゴミ箱に捨てて、黄色い線に近付いていった。

「まもなく2番線に池袋・新宿方面行きの電車が参ります、危ないですから黄色い線までお下がりください」

一歩、二歩、前に出た。帽子を目深に被っていたから、目を閉じたことは誰にも気付かれなかったと思う。足裏で盲人のための点字ブロックを感じながら黄色い線の上に立つと、瞼の暗闇の中で恐怖が伸び伸びと拡がっていった。ハイヒールやら革靴やらブーツやら長靴やらのたくさんの足音に交じって、携帯電話で話しながらホームを歩く人の声や、電車を待つ人の咳払いが聞こえ、その一つ一つに耳を澄ましていたが、プォォォン、ゴォー、ゴトゴト、ゴトゴトゴト、ゴト、ゴト……


「弁当の裏側を見てですね、賞味期限今日だ、ヤバいと思ったんですけど、気付かないかもと思って黙っちゃってたんですよ」

「うんうんうんうん」

「そしたら、次の日、会社にメールきて……」

「少々腐ってましたって？」

「ですね……」


西郷隆盛の銅像と彰義隊士の墓の間で、喪服を着たサラリーマン風の男二人が立ち話をしている。ガーゼマスクをした胡麻塩頭の方は広場の日向《ひなた》に目を細め、若い方は後ろ手に鞄《かばん》を持って少しばかり身を硬くしている。

「でも、素直でいいじゃない、そりゃどっちかというと、黙っていられるより、ちゃんと言ってもらった方がいいでしょ」

「冷蔵庫に入れないで常温でひと晩置いて朝食べたら、臭いがちょっとヤバかったって、あっはっは」

「でも消費じゃなくて、賞味でしょ？　涼しいとこに置いとけば大丈夫でしょ？　電子レンジで温めて取り出し忘れてひと晩置いちゃったなんてことになると、アレになっちゃうけど」

彰義隊は、明治政府にとっては賊軍であったために、墓石には「彰義隊」の文字は刻まれていないが、門扉《もんぴ》の鉄柵には「義」の円《まる》いレリーフがある。

案内板によると、彰義隊士の生き残りが、遺体の火葬場となったこの地に墓を建立《こんりゅう》し、以降百二十年余に亘って、その子孫が墓守りをつづけ、現在は歴史的記念碑として東京都が管理しているということだが、供花《くうげ》は造花で元の色が判らないほど色褪せているし、茎はボキボキと折れ曲がっているし、焼香台の上には金鳥の蚊取り線香皿が放置され、半分に切った2リットルのペットボトルが横倒しになっている有様だ。

「最近、彼女ムカゴにハマってて、サラダとか作っても、ムカゴが入ってないと騒ぐんですよ、ムカゴが入ってないって……」

「ムカゴ？　また、古風なものが好きなんだねぇ。いや、ムカゴは塩茹でにしたら酒のつまみになるし、ムカゴの炊き込みご飯なんて、あれはかなり旨いもんだけどさ」

「鰻屋《うなぎや》なんか連れてったらですねぇ」

「う、鰻はダメだよ、う、鰻いなくなっちゃうから、あんまり食っちゃダメ。あれは絶滅危惧種で、稚魚のシラスが年々少なくなってるから、卵を産む親鰻を一匹でも多く生かさないと、冗談じゃなく絶滅しちゃうからね」

「鰻重って、一人前で一枚のっかってるじゃないですか？　彼女、オレんとこに箸伸ばして、もらっていい？とか何も訊かずに、半分ちぎっていっちゃうんですよ。彼女、鰻重だったら一枚半は食べないと気が済まないから、こっちはご飯ばっか余っちゃって、山椒振り掛けて食べなきゃいけないから大変なんですよ、鰻屋行くと」

「鰻重って、いま二千円くらいするんじゃないの？」

「彼女が指定するとこは、三千円しますよ」

「うへえ」

「だから、そんなとこ連れてけないですよ、いちばん安いヤツで三千円ですからね。だからガストとか行くじゃないですか？」

「ガスト」

「ガストとか行くと、ライスとか元々大盛りのをお代わりするんですよ」

「どぅはっ、彼女いくつ？」

「三十二です」

「じゃ、もう食べ盛りって歳ではないわけだ」

喪服の二人はゆっくりと歩き出し、広場を横切って清水観音堂の方へ向かった。

広場のちょうど真ん中辺りで、ＯＬ風の女が体を二つに折り、茶色いブーツに細身のジーンズの裾をたくし込んでいる。肩まである髪が顔をすっぽり隠し、ブーツの底から鶴のような影が伸びている。

「彼女の部屋に行くと、ハンバーガー食ってる率高いんですよ」

「ハンバーガー?」

「とにかく何かしら食ってるんですよ、チョコレートとか」

「チョコレートもあんまり食べ過ぎちゃいけないそうだよ」

「なんだってそうですよね。オレなんて、甘いもの食べるじゃないですか? いちごポッキーだったら六本くらいが限界ですよね。でも、あの明治の板チョコとか、ああいうのは別に食べたって構わないっていうか、ちょっとだったら、むしろ食べた方がいいって言いますよね、あんまり食べ過ぎなければ」

「チョコ食う時はさ、中にアーモンド入ってるヤツじゃないとダメみたいだよ」


風が吹き、光と影の網の目がほどけた日蔭からピンクの補助輪付きの自転車に乗った四、五歳の女の子が飛び出し、日向でくるくると円を描くように走り回りはじめた。自転車の前籠もヘルメットもピンク色だ。

「甘いものは毎日食べた方がいいんだよ。角砂糖でいいんだ、角砂糖がいちばん安くていいんだよ」

「マシュマロですよ」

「え？」

「彼女はマシュマロ党なんですよ」

「マシュマロなんて、歯ごたえなくて食えないよ。最近アレだよ、ほんとジジ臭くなったよ。メザシの、よくさ、つまみでメザシとか出るじゃない？　ああいうのばっか食うんだから」

「メザシ最高ですよ。ちっともジジ臭くなんてないじゃないですか。歯がお丈夫なんですね」


老婆のホームレスが清水観音堂の前を通り過ぎる。髪を手拭いで姉さん被りにし、安全ピンでリュックサックに冬物のオーバーコートを留めている。


「スーパーでメザシ売ってないと、あるとこまで探しに行くんだから」

「今メザシ売ってるとこ、なかなかなさそうですね」

「いや、何軒か回ればあるよ。求めよさらば与えられん、だ」

チェーンソーの音がする。水色のクレーン車のバスケットに乗った作業員が、公孫樹や欅《けやき》の枝が交差してトンネルのようになっている部分を、下からの指示に従って確認しながら伐《き》っている。落ちた枝を集めて縛ったり、木屑を竹箒で掃き集めている作業員もいる。

「メザシの丸干しって、あんまりカロリー高くなさそうで、ヘルシーですよね」

「だけど、塩分がさ、割に高いのよ。オレ高血圧だからさ、医者には、加工食品に含まれる食塩も合わせて一日六グラム未満にしなさいって言われてるんだけど、やっぱり塩っ気がないと飯が進まないんだよね。酒のつまみにも、メザシって最高だしね」

「ししゃもししゃも」

「あ、ししゃもかぁ……」

喪服の二人は、摺鉢山《すりばちやま》の立看板の前で少し速度を上げ、JR上野駅公園口の方に歩き去っていった。

摺鉢山の前には二つの立看板がある。〈夜間の立入りが禁止されています〉という赤字が目立つ上野警察署の白い立看板と、摺鉢山の謂《いわ》れが説明してある台東区教育委員会のステンレス製の立看板だ。

「摺鉢山古墳　摺鉢山は、その形状が摺鉢を伏せた姿に似ているところから名付けられた。ここから弥生式土器、埴輪の破片などが出土し、約千五百年前の前方後円形式の古墳と考えられている」

摺鉢山の上は円形広場になっているが、公孫樹や欅の落葉樹の大木に囲まれて、春先から秋口までは鬱蒼《うつそう》として見通しがきかない。

幹や枝や葉の隙間から見えるのは、正岡子規が大学時代、上野公園で仲間と野球をしていたことから「正岡子規記念球場」と名付けられた球場の緑色のフェンス——、少年野球や社会人野球の試合や練習が行われている日は、選手たち同士の掛け声や、バットやミットにボールが当たる音や、観客席やバックネット裏にいる家族たちの声援や歓声が流れてくるのだが、今日は何も聞こえない。

聞く。

話すことは、躓《つまず》き、迷い、回り道や行き止まりばかりだけれど、聞くことは真っ直ぐ――、いつでも耳だけになれる。

ギィィィィィという気怠《けだる》い鳴き声がする。

初蝉かもしれない。

ニイニイゼミか……

蝉ではなく、キリギリスか何かなのかもしれない……

ガーァガーァガーァ、烏は木々のどこかに身を隠しているが、雀は広場の真ん中のガス灯風の電灯の上に三羽いて、チュンチュン、チュチュ、チュリリチュリリ……

西郷隆盛銅像の方角では枝を伐るチェーンソーの音がつづいている。

正岡子規記念球場の方角からは、草刈機の音も聞こえる。

風向きが定まらない風がカサカサカサと葉と葉の間を掻い潜り、ホームレスたちのテント村が見える。四方を緑色のフェンスで囲われ、フェンスの網の部分はビニールシートで覆われている。ビニールシートにプリントされている絵には、鷗と入道雲が浮かぶ青空と、二本の木がある丘と、煙突がある赤い屋根の二階屋と、家に向かって競うように走る白と斑《ぶち》の二匹の犬が描かれているが、人は一人も描かれていない。

さっきまで電灯の上にいた三羽の雀が、もう一羽もいない。今日という一日に取《と》り憑《つ》いている自分が何者なのかわからず、誰かと視線を投げ合いたいと思う、人でなくてもいい、雀とでも――。

電灯の真下には茶色の麻袋が口を広げ、その傍らには落ち葉の山がある。あとは塵取《ちりと》りに掃き入れて麻袋に入れるだけなのに、箒もなければ塵取りもない、人もいない、いない、いない、いない、いない……

一人、いた。形といい大きさといい石棺のような石の腰掛けが円形広場の外周に三つあり、その一つに頭頂部が禿げ上がった男が仰向けの姿勢で横たわっている。紫色のトレーナーにベージュのズボン、背中には新聞紙を敷き、胸には緑色のジャンパーを掛けている。両手は鳩尾《みぞおち》辺りで組んで、黒い革靴を履いた両足は縛られてでもいるかのようにきっちり揃えられている。瞼も唇も喉仏も動いていない。吸う息も吐く息も聞こえないから、あるいは生きていないのかもしれない。息絶えたとしたら、まだ余り時が経っていないはずだ――。

足下には、アルミ缶が入った90リットル半透明ごみ収集袋が置いてある。三百個は入っているから、六百円にはなる。六百円あれば、銭湯に行くこともできるし、漫画喫茶かネットカフェでシャワーを浴びることもできるし、吉野家で温かい牛丼を食べることもできるし、喫茶店でコーヒーを飲むこともできる。

でも、このままでは廃品回収業者に買い取ってもらえない。一つ一つアルミ缶をハンマーで叩き潰さなければいけない。冬場は軍手をしても手がかじかんで辛かった、夏場は空缶に残っているジュースやスポーツドリンクの臭いが全身に染み付いて嫌気が差した。

家のある人には見破れないほど身綺麗にはしているが、アルミ缶集めを生業《なりわい》にし、石の腰掛けの上で死んだように寝ているということは、この男もまたホームレスなのだろう。

シゲちゃんも、いつも身綺麗にしていた。

あれは、いつだったろう、寒かったから冬には違いないが、一日中アルミ缶や古雑誌を拾って、自転車を押してコヤに帰ると、普段は呑まないシゲちゃんに、「カズさん、ちょっと一杯やりませんか？」と声をかけられた。

隅に猫用の出入口があるベニヤの扉を開けて、「おじゃまします」と靴を揃えて中に入った。他人のコヤに上がらせてもらうのは初めてだった。「いや、狭いところだけど、どうぞ」と柄にもなく照れて、愛猫のエミールの頭や背中を撫で回していたシゲちゃんも、客を招き入れるのは初めてだったのかもしれない。エミールは、尻を高くし尾を針金のように立ててゴロゴロと盛大に喉を鳴らしていた。

壁には時計や姿見が掛かり、カレンダーまで吊り下げられていて、赤や青の丸や書き込みがしてあったので、やはりシゲちゃんは几帳面な人なのだな、こうなる前はお役所か学校みたいなところに勤めていたのだろう、と思った。

「寒いから、熱燗《あつかん》でいきましょう」と、シゲちゃんはカセットコンロに鍋を載せ、ペットボトルに貯めてある調理用の水を鍋に注ぎ、ワンカップ大関を二つ湯煎《ゆせん》した。

本棚は拾った本でいっぱいだったけれど、明かりは天井にぶら下げてある懐中電灯だけだったので、背表紙の文字は読めなかった。読めたとしても、自分には何が書いてある本なのか解らなかったと思う。

シゲちゃんは、「こんなものしかありませんが」と、ピーナッツとスルメを皿に出し、ゴロゴロいいながら卓袱台の縁に額を擦り付けたエミールに、「猫にスルメをやると腰が抜けるというのはですね、迷信じゃありませんよ。イカや貝はビタミンB_1分解酵素《ぶんかいこうそ》を含んでいるから、たくさん食べるとですね、ビタミンB_1が欠乏して、足がふらついたりしてしまうのです。加熱をすればこの酵素は働かなくなりますが、スルメは胃の中で水分を吸収するとですね、十倍に膨張するから、消化も良くないのです。吐いたり、急性胃拡張を起こしてお腹が痛くなったりするので、エミールにはもっとおいしいものをあげましょうね」と、天井から吊るした買物籠の中からドライフードの袋とツナの缶詰を取り出した。エミールは、シゲちゃんが餌を器に開けて匙《さじ》で混ぜ合わせるそばから、はぐはぐと音を立てて食べはじめた。

「猫がおいしそうに食べているのを見ているだけでお腹が満たされます。我が家は猫中心なのですよ。現金が入ったらですね、まず猫の餌を買って、残った分で自分の食べものを買いますからね。このコヤは、人間が二人入ると少々窮屈ですが、人間一人と猫一匹だったら充分な広さなのですよ」

二人してエミールに見惚《みと》れている間に鍋の水は沸騰し、慌てたシゲちゃんがワンカップ大関を取り出そうとしたが、熱くて素手では無理だった。

「日向燗とか人肌燗がおいしいとか言いますが、これじゃあ熱過ぎて口が付けられない……」と、シゲちゃんは軍手をはめた両手でワンカップ大関を摑み出し、缶蓋を開けてくれた。

「ま、一杯いきましょう」

「あ、どうも、じゃ、まぁ、いただきます」と、セーターの袖を伸ばしてカップを持ち、ワンカップ大関の青ラベルの裏側の盆栽の写真を眺めて、ひと口啜った。

「お、熱い！」シゲちゃんが言った。

「寒いから、熱い方が体がぬくまるよ」

下戸だということは黙っていた。

半分ぐらい呑んで、ラベルのA Cup of Happinessの文字が水面から出た時、たらふく食べて毛繕いをしていたエミールがシゲちゃんの膝の上にあがって丸くなった。

シゲちゃんはうまく言えないことを言おうとしているかのように黙って猫の背を撫でていた。顔が真っ赤だったから、シゲちゃんも呑める口ではなかったのだろう。

「今日は、息子の三十二歳の誕生日なのですよ。四十の時にようやくできた子だから、一人っ子でしてね……」

シゲちゃんの次の言葉を待つ時間を長く感じた。限られた空間で、全く別の七十二年間を生きた人間と顔を突き合わせるのは恐ろしいことだった。フライパンやお玉や菜箸や鍋がぶら下がっている台所らしき一角を眺め、段ボールを刳《く》り貫《ぬ》いて作った窓に視線を逃がして、人肌よりも日向よりもぬるくなった酒を口に含んだ。

「別れた時は、まだ十歳だったけれども、今時分は所帯を持って、孫もいるかもしれない……」

シゲちゃんは、前に一歩踏み出したというよりは、一歩後退《あとずさ》ったように口を開いた。

「わたしは顔を上げて表を歩けないような間違いを犯し、逃げました。残された妻と息子は後ろ指を差されただろうし、きっと大変な苦労をしたと思います」と目をすぼめたシゲちゃんは、急に老け込んだように見えた。

シゲちゃんの話が終わらないうちにカップが空になってしまった。呑むものがなくなると、裸にされたような居た堪らなさを感じたが、自分も昭和八年生まれで七十二歳になるとか、自分の息子は生きていれば四十五歳になるとか、打ち明け話の類《たぐい》は一切したくなかった。

ただ、酔いで悲しみの方向に押し流されないよう細心の注意を払っていた。捨てることのできない過去の思い出は、みんな箱にしまった。箱に封印をしたのは、時だった。時の封印の付いた箱は開けてはいけない。開けたら、たちまち過去に転落してしまう。

「二人とも恨んでいると思います。迷惑をかけたのは二人だけではありませんがね……」

耳から入る声は高熱で浮かされているようにのろのろとして頼りなく、シゲちゃんが話

していると は思えなかった。

「郷里には死んでも帰れません。身元が判るものを持っていたら連絡が行くから、そういうものはぜんぶ処分しました。死んだらどこかの無縁墓地に葬《ほうむ》られるのでしょうね」と、ふうっと長い吐息を洩らすと、シゲちゃんは背筋を起こして、いつもの口調で訊ねた。

「明日は台風が関東に接近するらしいですが、カズさんはどこか行かれる予定ありますか?」

「いや、コヤでじっとしています」と、つられて背筋を伸ばし、敬語になってしまった。

あの時はシゲちゃんに、図書館に行かないかと誘われたのだった。昭和通りを入谷方面へ進み、言問通りを隅田川の方へ行くと、台東区立中央図書館がある。新聞や雑誌も読めるし、視聴覚資料コーナーではビデオやレコードがヘッドホンで聞けるし、郷土史や文化財の本も充実している。朝の九時から夜の八時までいても誰にも何も言われない、という話だったが、空になったワンカップ大関を握るシゲちゃんの長い指に渇望のようなものを感じて怖くなり、文字を読むのが苦手だから、と断ってシゲちゃんのコヤを後にした。

シゲちゃんは、誰かを求めていたのだと思う。話を聞いてくれる誰かの耳を欲していたのだろう。質問をすればきっとなんでも答えてくれただろう。シゲちゃんが犯した「間違い」についても、自分が親身になって聞く姿勢を見せれば――、あるいは、もう一本か二本余計にワンカップ大関の熱燗を呑んでいれば――、二人の間に友情のようなものが芽生えていたかもしれないが、他人の秘密を聞いた者は、自分の秘密を話さざるを得なくなる。秘密は、隠し事とは限らない。隠すほどの出来事ではなくても、口を閉ざして語らなければ、それは秘密となる。

いつも居ない人のことばかりを思う人生だった。側に居ない人を思う。この世に居ない人を思う。それが自分の家族であるとしても、ここに居ない人のことを、ここに居る人に語るのは申し訳ない気がした。居ない人の思い出の重みを、語ることで軽くするのは嫌だった。自分の秘密を裏切りたくなかった。

シゲちゃんのコヤでワンカップ大関を呑んだあの夜からひと月後に、自分は居なくなった。

シゲちゃんは悲しんだろうか？

テント村の前で、真っ白な鳥の巣のような頭をした老女がハイライトを吸いながら話をしていた。シゲちゃんがコヤで冷たくなっていた、と――。

シゲちゃんは、いつ死んで、どこに葬られたのか？　シゲちゃんのコヤにあった本は誰かが古本屋に売ったのだろうが、エミールはどこへ行ったのか？　誰かのコヤで飼われているのか？　それとも、捕獲されて保健所で殺処分にされたのか？

死ねば、死んだ人と再会できるものと思っていた。遠く離れた人を、近くで見ることができたり、いつでも触れたり感じたりすることができると思っていた。死ねば、何かが解るのだと思っていた。その瞬間、生きている意味や死んでいく意味が見えるのだと思っていた、霧が晴れるようにはっきりと——。

でも、気が付くと、この公園に戻っていた。どこにも行き着かず、何も解らず、無数の疑問が競り合ったままの自分を残して、生の外側から、存在する可能性を失った者として、それでも絶え間なく考え、絶え間なく感じて——。

摺鉢山の円形広場の石の上に横たわっている男は、まだ目覚めていない。どこからか一匹の猫が現れ、男の頭の近くにある木の杭でガリガリと爪を研ぎはじめたが、男の耳には届いていないようだった。白と黒の鉢割れ猫……エミールは虎猫だった……

西側の階段を下りると、公衆電話の陰に制服姿の男女がいた。中学生には見えないから、高校生か。彼女は、頬っぺたを人差指でつつかれたり、髪に触れられているうちは猫のようにじっとしていたが、彼が背中に腕を回し顔に顔を近付けると、身を硬くして抱擁《ほうよう》の腕を擦り抜け、スクールバッグを彼の側に持ち替えて歩き出した。

公衆電話の受話器とボタンの数字を見る。

記憶の中に残されているのは、妻からの通話が途切れて、ツーツーツーという不通音が聞こえても、受話器を耳に押し付けていた自分の手だった。浩一の訃報が入ったあの日――。

あの日――、時は過ぎた。時は終わった。なのに、あの時が、ばらまかれた画鋲《がびょう》のようにそこかしこに散らばっている。あの時の悲しみの視線から目を逸らすことができずに、ただ苦しむ――。

時は、過ぎない。

時は、終わらない。

生ぬるく湿った微風が嘗《な》めるように吹き寄せ、木々の枝が優しく頷《うなず》いて雨の滴《しずく》を振り落とした。夕暮れまでにはまだ間があるというのに、人通りがふっつり途絶えた。チェーンソーや草刈機の音さえ静けさの一部のように聞こえる。日に日に陽射しが強く、木々の影が短くなってきているから、もうじき梅雨が明けて蟬が鳴き出すだろう。
角を曲がって現れたブルージーンズに白い半袖ブラウスを着た大学生風の女が、上野の森美術館のポスターの前で歩を緩めて一瞥《いちべつ》を投げたが、鬱《ふさ》いだ面持ちで駅の方へと歩き去った。

「ルドゥーテの『バラ図譜』展」

大輪のピンクの薔薇の絵があった。キャベツの葉のように幾重にも重なり合った花びらは、中心に行くほど赤みを増し、花びらで隠された中心は擦り剝いた膝小僧のように赤いのではないかと想わせる。黄色がかったしなやかな茎やまだ開いていない蕾の萼《がく》には、細かい棘《とげ》の一本一本が描かれている。

上野の森美術館のロビーの土産物売場では、六、七十代の女たちが、薔薇の絵柄のハンカチや小銭入れや絵葉書や便箋や扇子を見たり手に取ったり買ったりしていた。
展示されているのは、十九世紀初頭に活躍したルドゥーテというフランス宮廷画家の薔薇の絵、百六十九点だった。

薔薇の絵を見るともなしに見ながら薔薇とは無関係のおしゃべりをしている女が二人、順路の矢印に従ってゆっくりと歩いている。


「人生すごいことになっちゃってんのよ、ここんとこ、わたし」

「タケオさん、他人は入れさせないからね」

「タケオさんがぜんぶ管理してるのよ。わたしは面倒みてないから権利もないし、病院に入れるにもお金かかるしね」

「確かにタケオさんが正しい面もあると思うのよ。でも、正しいだけじゃ、生きてけないからね」

「タケオさんに訊いてみようかなと思っても、タケオさんは口をきいてくれないし……」

「旦那さんの実家って言ったって、所詮《しょせん》他人の家じゃない」

「だからぁ、タケオさんも他人はもう入れないって。わたしは他人ですかって話だけど」

「他人よ他人。血の繋がりはないじゃない」

ロサ・ガリカ・プルプロ・ヴィオラケア・マグナ、司教薔薇……盛りを過ぎて外側の花びらがめくれている手前の一輪は黒みを帯びた深紫で、咲きはじめの奥の一輪は赤紫……

「長野にはもう行かないの？」

「八ヶ岳？　八ヶ岳、もうわたし行かないわよ。行けない。だって、毎年タケオさんと二人で行ってたのよ」

ロサ・プミラ、愛の薔薇……紫がかったピンクの五枚の花びらの真ん中に黄色い雄しべと雌しべが松明《たいまつ》のように輝いている……

「認知症じゃないって主張するためだけに電話かけてくるんだからね」

「認知症だったら電話してこられないからね」

「でもうね、見る影ないの。そのくせ、ミエコ、お茶いれろ！とか従業員みたいな扱いなのよ」

「人生いろんなこと考えちゃうわよね」

「ぼけるのは大変、周りがもう、ね」

ロサ・ガリカ・ウェルシコロル〝ロサ・ムンディ〟、絞り咲きのプロヴァンの薔薇……チューリップのような紅白の縦縞の花びら、まだ開き切っていない中心部の花びらには雌しべの花粉が塗され、薄らと黄色がかっている……

ロサ・ガリカ・レガーリス、王のガンドゥーラ服……不揃いに波打ちながら広がる淡いピンクの花びらの数は多く、こんもりと房状になって花芯《かしん》は隠されている……

「タケオさんから、レトルトカレーとかシチューのセットが送られてきたのよ、あれ、なんだと思う？」

「お中元にはまだちょっと早いし、だいたいまだ戸籍上は夫婦なんだから、お中元は変よね」

「御礼って熨斗《のし》が付いてた……」

「御礼？　なんの御礼だろう？　タケオさんもここいらでケリを付けたいんじゃないかしらね、別居してもうすぐ半年になるじゃない？」

「エスビーの、ちょっとレストラン風のヤツよ」

「おせちもいいけどカレーもねってヤツだ」

「それはハウスのククレカレーのCMよ。でも、南海トラフとか首都直下型とかいつ起こるかわからないし、非常食用にちょうどいいと思って」

「あれ、おにぎりと合うわよ」

「カレーとおにぎり？」

「あら、おいしいわよ」


ロサ・アルバ・レガーリス、頬を染めた乙女……白に僅かにピンクが混じった色で、奥に向かって吸い込まれるように濃さを増す……

ロサ・アルバ・フローレ・プレーノ、ヨーク家の薔薇……純白の薔薇の花びらが真珠のような光沢を放っている。英国の薔薇戦争でヨーク家が掲げたのがこの白薔薇だと言い伝えられている、と解説パネルに書いてあるが、口ばかりよく動かす二人の女は、目の色をどんよりと曇らしたまま薔薇の絵の前を通り過ぎていく。

「でも、そろそろタケオさんときちんと話をしといた方がいいわよ」

「うちはほら、息子夫婦と二世帯だから、孫たちもいるのよ」

「そりゃ孫たちがいる時はよした方がいいわよ、誰もいない時にこっそり呼ぶか、喫茶店かどこかに呼び出すか」

「喫茶店でするような話でもないし、ね……」

「公園は、どう？　上野公園で歩きながら話せば、人目を気にしないで済むでしょ？」

「公園で話すなんて、学生時代じゃあるまいし、決まりが悪いわよ」

「じゃあ、どうするの？」

「う〜ん、やっぱり、家かしらね……」


ロサ・ガリカ・フローレ・マルモレオ、大理石模様のプロヴァンの薔薇……オレンジとピンクの中間色の二重の花びらに、鹿の子のような白い斑《ふ》を散らしている……

ロサ・イネルミス、棘なしの渦巻き薔薇……杏色にもピンク色にも見える曖昧《あいまい》な花色で、花びらのぞんざいな開き方が、卒業式の時に教室の黒板を飾る紙花によく似ている……花紙を五、六枚重ね、蛇腹《じゃばら》のように山折り谷折りにして、真ん中を輪ゴムで留めて、一枚ずつ開く……


郷里の八沢村では薔薇を栽培している家なんてなかった。

初めて手にした薔薇は、「新世界」の白薔薇だった。

東京ではなりふり構わず働き詰めで、呑む打つ買うの類は全くやらなかった。東京の女と話したら訛《なま》りを笑われると思って、買物に出ても女性店員とはろくに口もきかなかった。キャバレー「新世界」に通いはじめたのは、浩一の三回忌の後だったから、五十歳ぐらいの時だと思う。

あの時は、弘前《ひろさき》公園の近くに運動場を作っていた。仕事が終わって、三百軒ほどの呑み屋が軒《のき》を競っている歓楽街を歩いていると、「新世界」というピンク色のネオンに目と足が止まった。

十年前の自分だったら信じられないことだが、一人で店に入って受付を済ませた。泥で汚れた作業服でも嫌な顔はされなかった。

ソファーに座ってホステスを待つ間、灰皿の横の一輪挿しに活けてある白薔薇を眺めていた。造花ではないかと、抜き取って匂いを確かめている最中に、「お待たせしました。

純子です」とホステスが隣に座った。慌てて薔薇を花瓶に戻したが、「薔薇、お好きなんですか？」と訊ねられ、それが郷里の訛りに近かったので、「いや、造花だど思ったんだげんちょも、ちゃんと匂いしたなぁ」とわざと訛ると、純子は腰まである豊かな黒髪を揺らして笑い、ウイスキーの水割りを拵《こしら》えてくれた。

純子は、浪江の出身だった。請戸港の話や、相馬野馬追の話や、彼女の兄と弟が働いているという原発の話や、浜通りに関する話を手当たり次第にしていると、ただでさえ暗かったホールがトンネルの中のように真っ暗になって、大きなミラーボールが回転しはじめ、純子の白い顔や盛り上がった胸元に小さな光を反射した。肉体労働をしていると、いつも殴り倒されるように眠り、夢らしい夢をみた記憶がないのだが、「新世界」の純子は夢の女のようだった。

「チークダンス、踊りましょう」

「おどったごどねぇがら」

「だいじょうぶ」

純子に手を取られてホールの真ん中に行った。

赤紫色の絨毯《じゅうたん》に足音が吸い込まれ、歩いていないみたいだった。

音楽が流れていたが、夜よりも静かだった。

耳を澄ますと、自分の心臓の音と、「わたしごど抱いて、背中さ腕まわして」という彼女の囁《ささや》き声が聞こえた。

生まれて初めてチークダンスを踊った。

彼女の目が潤《うる》んでいた。

彼女の両手が腰にあった。

彼女の髪がくすぐったかった。

彼女の耳飾りが揺れていた。

彼女の胸が柔らかかった。

彼女の香水はテーブルの白薔薇と同じ、海風とレモンが混じったような爽やかな匂いだった。

全身が揺れた。

ボートに揺られているみたいだった。

揺られながら、解き放たれる感じと、包み込まれる感じを同時に覚えた。

弘前に泊まる時は、必ず「新世界」に行った。

いつも純子を指名した。頼まれて同伴出勤したこともあるし、店が終わるまで待ってい て、タクシーで純子のマンションの前まで送ったこともあるが、キャバレーのホステスと常連客という一線は踏み外さなかった。

六十歳で出稼ぎをやめて、郷里の八沢村に帰ることにした。

純子とはもう逢えなくなるから、最後の日に「新世界」に白薔薇の花束を抱えていった。彼女の前に真っ直ぐ立って、「さようなら」と花束を渡すと、「ありがとう」と白薔薇に顔を埋めた彼女は、強い香りの中に閉じ込められたようだった。悲しみが喉を突き上げたが、泣きはしなかった。花束から青白い右腕が伸ばされ、手を握って振ると蛇のようにうねった。

それきり、純子とは逢っていない。電話もしていないし、手紙も書いていない。弘前に「新世界」はまだあるのかもわからないし、純子が何をしているのかもわからない、生きているのかも……


「おたくも植木ほしいのあったら持ってってってよね」

「植木ね、余裕ないからなぁ。手入れしなくちゃいけないでしょう？　あ、トモコさん、お父さん急に亡くなって相当ショックだったみたいね、寝込んじゃったそうで……」

「でも、外に一歩も出られないってわけじゃないでしょう」

「今年の同窓会、来ないかもしれないわね」

「来るわよ、トモコは来る。皆勤賞だもの」


別の二人の、でもやはり六十代前半の女たちが、「百枚の花弁を持つ」という意味のケンティフォリア系の薔薇の絵を見ながらおしゃべりをしている。

マリー・アントワネットがその肖像画で手にしていることで有名なケンティフォリア・ローズは「画家の薔薇」と呼ばれ、ルドゥーテが図譜の第一号に載せている。花弁が多くなり過ぎて雄しべと雌しべが退化してなくなり、種子ができないので、挿木か接木でしか殖《ふ》やせない大輪の薔薇――。


「サイドボードってあるじゃない？　あそこに載せればいいじゃない」

「和室は？」

「和室じゃなくて、仏壇は仏間よ」

「仏間なんてないわよ。お父さんが亡くなった時に、お母さん、あんな大きな仏壇買ってきちゃって、事後報告だとほんと参っちゃうわよね」

「地震で揺れるし、怖くって仕方ないでしょ」

「テレビの横に並べるしかないかな……」

「サイドボードをテレビの横に置いてね、高さもちょうどいいんじゃない？　台の高さは調節できるでしょ？」

「うちになんかあるかもしれない、台が」

「サイドボードはちゃんとしたのを買った方がいいわよ」

「一緒に見に行ってくれる？」

「明日？」

「そんな急じゃなくてさ」


ロサ・ケンティフォリア・ムタビリス、無双薔薇……もっこりと球形にまとまった花は白人女性の膚のような白だが、外側の花びらだけ頬紅を差したように赤い……

ロサ・インディカ・クルエンタ、血赤花ベンガル薔薇……チョコレートがかった赤、散る間際で、何枚かの花びらが犬の舌のように垂れ下がっている……鋸歯《きょし》が目立つ葉がめくれあがり、鼠色の葉裏を見せている……

ロサ・インディカ、ベンガルの美少女……赤い蕾が割れると、濃淡のあるピンク色の花びらが噴きこぼれる……葉はエイの胸鰭《むなびれ》のように波打ち、下向きの大きな棘は血豆色……

位牌持ちである長男の帰郷を待っていたかのように、親父が死に、お袋が死んだ。二人とも九十を超えていたから天寿を全うしたのだろう。我が家の墓は、右田浜が見える丘の上にある。二十一歳の若さで死んだ浩一の骨壺の隣に、両親の骨壺を並べた。

結婚して三十七年、ずっと出稼ぎで、妻の節子と一緒に暮らした日は全部合わせても一年もなかったと思う。節子は、二人の子を生み育て、歳の離れた弟たちを大学にやって、娘の洋子を嫁に出して、老いた両親の面倒をみながら野良に出て、その間にこつこつと貯金をしてくれていた。国民年金も月々七万円ずつあるし、これでお迎えが来るまでは安心して暮らしていける、と節子と話し合って、傷んだ屋根や壁や水回りを大工に修理してもらった。

仙台に嫁いだ洋子が生んだ孫が三人いて、夏休みと冬休みには泊まりがけで遊びにきてくれた。上が女の子で十四歳、下二人が男の子で十一歳と九歳、一姫二太郎でちょうどいいんでねぇが、と近所の人に言われた。

末っ子の大輔が浩一の小さな時分にそっくりだったが、妻も自分も口には出さなかった。


朝から雨が降っていた。

十九年前、浩一の遺体が警察で解剖されている間、節子と二人で浩一が三年間暮らしたアパートに行き、浩一が死んだ布団で朝まで過ごしたあの日のことを思い出さずにはいられなかった。

二軒隣の千代婆さんの四十九日法要があって、隣組の女たちはお斎《とき》の料理を作りに行く慣《なら》わしで、節子も朝から支度をして出掛けていった。

夕方、喪服に着替えて弔問に行った。勝縁寺住職を先頭にして、仏壇の御本尊に向かって合掌礼拝し、門徒一同で「阿彌陀経」と「念仏和讃」を称えた。

施主《せしゅ》の勝信くんは、中学卒業後に集団就職で上京し、三菱電機の大船工場で働き、定年後、一人暮らしの母親と同居するために、あちらに妻子を残して帰郷したということだった。

「早いもので、もう四十九日です。話し好きで世話好きだった母だけに、夕食の時などに母の居ない淋しさを感じておりますが、皆様のお陰で八十八年の人生を全うし、お浄土に往生したことと思いますので、少しずつ気持ちを切り替えていこうと思います。

神奈川の方に家族があり、家のことを片付けたら戻ろうとは思うのですが、今後とも法事の際にはこちらに参りますので、変わらぬお付き合いをお願い申し上げます。粗餐《そさん》ではございますが、お時間の許す限りごゆっくりお過ごしいただければと存じます。本日は誠にありがとうございました」

お斎《とき》が始まり、お煮染めやきんぴらごぼうや漬物やポテトサラダや炊き込みご飯のお握りなどを食べながら、勝信くんと酒を酌《く》み交《か》わしているうちに足がふらつくほど酔いが回った。どうやって帰ったのかは覚えていないが、晩飯は食べないで、そのまま節子が敷いておいてくれた床に就いた。

雨の音で目を覚ました。

節子はいつも早起きで、自分が目を覚ます七時頃には、洗濯や庭の掃き掃除などをひと通り済ませ、台所からは味噌汁と飯が炊ける匂いが漂ってきていた。

今朝はなんの匂いもしない……

ポシャッポシャッと雨樋《あまどい》から落ちる水の跳ね音が聞こえた。

だいぶ強い降りだ……

目を開けて、天井を見た。

カーテンから漏れてくる光が家の中を雨で染めていた。

顔を倒すと、隣の布団に節子が寝ていた。

起こそうと思って腕を伸ばすと、冷たい――。

触れたのは、布団の上に出ていた節子の腕だった。

驚いて起き上がり、掛布団をめくって体を揺すってみたが、もう死後硬直が始まっていた。

苦しかったのか、眉をぎゅっと寄せて、目を固く閉じていた。

「なんで？」口から声が滑り出た。

動悸《どうき》が激しくなり頭の中ががらんどうみたいに赤々と照らし出され、夢ではないかと家の中を見回した。全ての物が現実の位置に収まっていた。現実だった。柱時計の耳慣れた音が家中に響いたが、気が動転して音の数をかぞえられなかった。文字盤を見ると、短針が七のところにあり、長針が十二のところにあった。

「七時だ」節子に向かって呻《うめ》いた。

通夜、葬儀、告別式、出棺、火葬、骨あげ、還骨法要《かんこつほうよう》、死亡通知、勝縁寺や隣組への挨拶回り、保険証の返納やら年金受給停止やらの手続き、遺品整理、四十九日法要、納骨——、自分がしていることと自分が全く嚙み合わないまま一つ、また一つと節子の死に関することが済んでいった。

墓石の下の納骨室の蓋を開けて、親父とお袋の骨壺を奥にずらし、手前に浩一と節子の骨壺を並べた瞬間、ギィィィィギィィィィィという鳴き声が頭上の松の木のどこかで響いた。

毎年梅雨明けに羽化するニイニイゼミの初鳴きだった。

節子が死ぬ何日か前に洗濯物を畳みながら、「お父さん、わだしはなんだか蟬の鳴く頃に死ぬ気がするわ」と言っていたことを思い出し、両手と両膝をついて泣いた。苦しい、助けて、と節子は訴えたかもしれないのに――、すぐに救急車を呼べば助かったかもしれないのに――、自分は酒に酔って熟睡し、隣で妻が息を引き取ったことに気付かなかった。自分が殺したも同然だ、と思った。

勝縁寺住職による読経の後に、施主である自分から順に焼香を行い、全員が焼香を終えて納骨式が終了した時、節子の兄の定夫さんが、「なんぼ悔やんだって死んだものは戻ってこねぇ。夫婦水入らずの新婚旅行みでぇな生活を七年間もできたんだがら、節子は幸せだったたと思った方がいいべ」と慰めてくれたが、自分は、浩一が死んだ時にお袋が言った「おめえはつくづく運がねぇどなあ」という言葉を嚙み締めていた。

腰が痛でぇどが脚が痛でぇどがいうようなごどはあったげんちょも、働き者で体が丈夫なことが取り柄だった節子が、六十五歳で死ぬなんて――、なんでこんな目にばっかり遭うんだべ――、と悲憤《ひふん》の錨《いかり》が胸底に沈められ、もう泣くことはできなかった。

娘の洋子が心配して、原町の動物病院に看護師として勤めはじめた孫娘の麻里をちょくちょく寄越《よこ》してくれていたが、しまいには「おじいちゃんが心配だから」と麻里はアパートを引き払って越してきた。

コタロウという名前の雄犬も一緒だった。胴と顔の長い、よく吠える茶色い小型犬だった。動物病院の柵に鎖で繋がれ捨てられていたという。麻里が里親募集のチラシを書いて、動物病院の掲示板に貼り出したが、引き取り手がなかったので、自分で飼うことになったそうだ。

麻里はいい娘だった。毎朝トーストを焼いて、目玉焼きやハムエッグなどの卵料理を作ってくれた。足下でお座りをして待つ犬の方に首を曲げ、話しかけたり笑いかけたりする姿が可愛らしかった。朝七時に犬を車の助手席に乗せて、国道六号線を走って原町に向かう。帰宅時間は深夜になることが多く、昼飯と晩飯は自分で作って食べた。出稼ぎの寮生活で経験していたから炊事洗濯をやることは苦ではなかったが、新盆を終えた辺りから、眠れなくなった。浩一も節子も眠りに命を取られてしまった——。夜、寝床に横たわると、両脇がひやりとし、唾液がねばつき、舌が酸っぱくなった。体中に張り巡らされた全ての神経が緊張して、眠れる気がしなかった。両手が痺れていることに気付いて、目を閉じ呼吸を整えようとしたが、目を閉じるのが、怖かった。幽霊のようなものが怖いのではない。死が、自分が死ぬことが怖いのではない。いつ終わるかわからない人生を生きていることが怖かった。全身にのしかかるその重みに抗《あらが》うことも堪えることもできそうになかった。

雨の朝だった。

「むしむしすんね」と麻里が半分開けて網戸にした窓から、湿気を含んだ風が雨音と共に流れ込んできた。雨の匂いを嗅ぎながら、麻里が拵《こしら》えてくれたスクランブルエッグとトーストを食べて、麻里と犬を玄関まで見送った。二十一歳になったばかりの麻里を、祖父である自分とこの家に縛るわけにはいかない、と思った。

〈突然いなくなって、すみません。おじいさんは東京へ行きます。この家にはもう戻りません。探さないでください。いつも、おいしい朝飯を作ってくれて、ありがとう〉と書き置きをして、押し入れから出稼ぎに行く時に使っていた黒いボストンバッグを取り出し、身の回りの物を詰め込んだ。

鹿島駅から常磐線に乗り、終点の上野駅で降りた。公園口改札から表に出ると、上野も雨だった。青信号が点滅し出したので、傘を差さずに横断歩道を渡った。渡り切ったところで、夜空を見上げた。大粒の雨が空から降ってくるのが見えて、雨で濡れた瞼が震えた。その夜は、東京文化会館の軒下で過ごすことにしたが、規則正しく地を打つ雨の音を聞いているうちに疲れと眠りが押し寄せ、ボストンバッグを枕にして眠っていた。

生まれて初めての野宿だった。

ロサ・ムルティフローラ・カルネア、肉色房咲き薔薇……音楽会で子どもたちが鳴らす鈴のように丸く小さなピンク色の花が寄せ集まるように咲き、花首は重たげに項垂《うなだ》れている……

ロサ・ピンピネリフォリア・フローレ・ヴァリエガート、百エキュ銀貨のワレモコウ……毛虫のような黒い棘がびっしりと密集した細い花首を誇らしげに伸ばし、王冠のような雄しべと雌しべを戴《いただ》いている。一重の白い花びらの半分は血を吸わせたような赤銅色……

ロサ・ドゥメトールム、茂みの薔薇……淡い杏色のハート型の花びらが五枚、羽化したての蝶が飛び立つ頃合を図っているようだ……

背景は白い紙のままで、何も描かれていない。庭に咲いているのか植木鉢に咲いているのか、晴れているのか曇っているのか雨なのか、朝なのか昼なのか夜なのか、春なのか夏なのか秋なのか、薔薇が咲いていた時と場所はわからない。薔薇の絵を描いたルドゥーテという画家は、百七十年も前に死んでいる。絵のモデルとなった薔薇の木も、もう生きてはいないだろう。ある時、ある場所に、ある薔薇が咲いていた。ある時、ある場所に、ある画家が生きていた。そして、過去の現実から疎外された紙の彼方で、この世には存在しない空想上の花のように、薔薇は咲いている。


「あそこのビーフシチュー屋さん、この前行ったら、やってなかったのよ」

「火曜定休なのよね」

「今度二人であそこの、へなちょこブレックファースト食べに行こうか？」

「今日は、どうする？」

「今日はごめんなさい、うちのひと外食がダメなのよ」

「あら、うちのは一人でも全然平気よ。食べてくるからって一本電話を入れればいいだけ」

「うちのはダメなのよ。勤めに出てた時も、毎日欠かさずお弁当作ってたもの」

「あら大変ね。じゃあ、そろそろ帰ってお買物しなきゃね」
「買物は冷蔵庫にあるので大丈夫だけど、そうね、そろそろ」
「じゃあ、行きましょう」

節子の享年と同じぐらいの歳頃の二人の女が出口の方へと歩いていった。

＊

また、雲行きが怪しくなっている。それとも、日が翳《かげ》ってきているだけなのか——、通りに残っている陽射しは弱々しく、二人の女が曲がり角に消えると、風景は始まりも終わりもないように、あてどもなく広がりつづけた。

今日は今日のままで、もう明日に向かって開くことはない。今日に潜んでいるのは、今日よりも長い過去……過去の気配に耳を澄ましているような気もするし、耳を塞いでいるような気もする……

不意に、誰かの溜め息が聞こえる。

聞き覚えのある溜め息だった。

あれは、ホームレスには珍しく、身の上話をしてはぐずぐずと泣き出す五十代の男だった。

大学を出て不動産会社に就職しました。一億近いリゾートマンションの契約をばんばん取って、うちは基本給プラス出来高だったんですが、月収にして八十万を越えた時もありました。それが急転直下ですよ。バブルが崩壊して三年も経たないうちに会社が倒産して、退職金は規定の二十パーセントしかもらえず、ローン破産。こんなことになるとわかっていたら、早期退職の募集があった時にもらえるものをもらってさっさと転職すれば良かったものの、会社に対する忠誠心と、不況不況と言ったって、そんなに長くはつづかないだろうという見通しの甘さが致命傷になりましたね。どぼん、ですよ。それでも妻の支えがあったら再起できたのかもしれないけれど、青天《せいてん》の霹靂《へきれき》、飼い犬に手を噛まれる、という感じで妻に離婚届けを突き付けられました。何をどう話せばいいかわからなくて、黙って判を捺《お》すしかなかったということは、バブルよりずっと前に夫婦関係は崩壊していたんでしょうね。平日は営業で銀座や六本木に繰り出し、土日は接待ゴルフ、夫婦の時間を蔑《ないがし》ろにしていた報《むく》いなんでしょうね。妻は元スチュワーデスで、美人だったんですよ。その分プライドも高かったんですが、結婚式の時はこれでも美男美女の新郎新婦って言われたんですよ。ホテルオークラのオーチャードルームで百八十人集めて披露宴やったんですけど、あれが人生のピークだったなんてなぁ……

ひと通り話し終えると精根尽きたように一点を見詰め、まさかホームレスになるなんてなぁ……通りすがりの人に汚いものを見るような目で見られて……人生もう底を打ったのかなぁ……このまま野垂れ死ぬのかなぁ……と溜め息を連発しながら間延《まの》びしたように泣き出すのが常だった。

その男は、半年近く上野にいたが、新宿の戸山の方に移ると言ってコヤを畳み、しばらくして中学生に狩られたという噂を耳にした。

東京や横浜や大阪で、ホームレスを襲撃する少年グループの犯行が相次ぎ、明日は我が身かという不安が蔓延《まんえん》していたせいか、その噂は口から耳に流れるたびに思い思いの恐怖で膨張していった。

角材や金属バットで殴られ、コヤに火を点《つ》けられた……

コヤに爆竹《ばくちく》を投げ入れられ、驚いて飛び出たところを狙って投石された……

消火器をコヤに噴射されて泡まみれになって飛び出し、エアガンや看板やバールなどで袋叩きにされた……
　殴る蹴るの暴行を加えられてぐったりすると、至近距離から花火を顔に向けられ失明し、ナイフで滅多刺しにされた……

〈整理番号　国②　上野恩賜公園管理所
更新期限　平成24年8月末日〉

　テント村のホームレスの荷物はブルーシートと紐で小包のようにまとめられ、その一つ一つに、国④　国①　西㉖　燈⑰　す⑤　す⑪などと車のナンバープレートのように、公園内の「縄張り」別に整理番号が付けられた荷物調査表がぶら下げてある。「国」が国立科学博物館、「西」が西郷さん、「燈」が上野東照宮のお化け燈籠《どうろう》、「す」が摺鉢山――、自分とシゲちゃんのコヤは「す」で摺鉢山の麓《ふもと》の木陰にあった。

〈**●いつも荷物（にもつ）の外側（そとがわ）の見（み）えるところにつけておくこと。**
●この番号表（ばんごうひょう）の貸（か）し借（か）りや譲（ゆず）り渡（わた）しはできません。

●ほかの人（ひと）の荷物（にもつ）などをあずからないこと。
●荷物（にもつ）は必要（ひつよう）なものだけにして、大（おお）きくしないこと。
●次（つぎ）の更新（こうしん）については、平成（へいせい）24年（ねん）8月（がつ）になったらお知（し）らせします〉

と、漢字の後にいちいち平仮名の読みが入っていて、かえって読みづらいのだが、ホームレスたちには小学校卒業程度の学力もないと思っているのだろう。

ガーァガーァガーァ……テント村の樹上で、烏たちが鳴き交わしている。コヤの中の食料を狙っているのか、巣が近くにあるのか、時々ギャッギャッと鳴き声が険しくなり羽搏《はばた》きの音が混じるので、烏同士で争っているのかもしれない。

ブルーシートが弛《たる》んで屋根の部分に何日分かの黄色い雨水と落ち葉が溜まった小ぶりのコヤがある。屋根が平らだと雨水が溜まってブルーシートが傷み、コヤ本体の段ボールがふやけて雨漏りするようになるから、屋根には勾配《こうばい》を付けるのが鉄則なのだが——。

コヤの脇には自転車が置いてあり、自転車の前籠やハンドルや荷台にはハンガーや傘やホースやバケツなどの日用品が掛けてある。コヤのブルーシートを結わえたロープに挟んである、足指の形が手形のように残った黄色いビーチサンダルは子ども用で、コヤから突き出た竹箒《たけぼうき》の柄に干してあるのは女ものの下着だった。

ブルーシートを画鋲で留めた暖簾《のれん》をくぐって、そのコヤから出てきた白髪頭は、シゲちゃんがコヤで冷たくなっていた、と言っていた老女だった。

老女は、嬰児《えいじ》の喃語《なんご》のように、ぱっぱっぱっぱっぱっと唇を鳴らして歩き出した。右足は革靴、左足はアディダスの白い運動靴、靴紐はきちんと結び直されている。

花園稲荷神社の朱《あか》い鳥居を白いコック帽を被った男が小走りに駆け抜けていく。この一角には韻松亭《いんしょうてい》、上野精養軒《せいようけん》、伊豆榮《いずえい》梅川亭があるから、三軒のうちのどれかの料理人だろう。

老女は料理人にも神社にも目もくれないで体を揺らしながら、不忍池に出る緩やかな坂道を下りていく。灰色のダウンジャケットの上にピンクのチョッキを重ね着して上半身は着膨《きぶく》れしているが、スカートはコヤに脱いできたのか、下半身は藤色のズボンだけだった。ズボンの左身頃は付け根から千切れ、ルーズソックスを履いた片足が剥き出しになっている。

老女は坂の途中にあるＫＩＲＩＮの自動販売機の前で立ち止まり、ポケットから五十円玉二枚と十円玉三枚を取り出し、てのひらの上で数えてから握り締め、えーとえーとえーとと呟きながら自動販売機を見上げた。「つめた〜い」という文字の下のボタンを押し、んーんーんーと唸りながら腰を折って、取り出し口からアミノサプリのペットボトルを摑み出した。

老女はペットボトルを重たげに右手にぶら下げて、表情の読めない顔で坂道を戻っていった。

坂を下り切ると、動物園通りに出る。

背の高い痩せたホームレスがリヤカーを引いて広小路の方に向かって歩いている。アルミ缶で膨れた90リットル半透明ごみ収集袋を六も積んでいるから、一袋六百円として三千六百円にはなるだろう。

白髪の方が多い長髪を輪ゴムで後ろに束ね、Tシャツは黄緑、ズボンは灰色だったのだろうが、洗い過ぎでほとんど色が残っていないせいで、真新しい靴下の黒だけが浮き上がって見える。

不忍池の入口にはタクシー乗場があり、停車帯に十台ばかりが列を作っている。最後尾のタクシーから五、六メートル離れた辺りにブルーシートが広げられ、アルミ缶が四、五百個並べられている。

車道と歩道を隔てる柵に結び付けられた二十袋ほどあるコンビニエンスストアのレジ袋には、それぞれに日用品が整理して収納してあるようだ。柵の網に、濡れた傘の取っ手を引っ掛けたり、竹箒を立て掛けたりもしている。布団や衣類や鍋釜などの全財産を載せた台車にはブルーシートの覆いがしてあり、カートの取っ手にはロープや軍手や食パンの入ったレジ袋が洗濯バサミで留めてある。

柵に頭を凭《もた》せ掛け、アルミ缶の列の中に両脚を伸ばしているホームレスは、すぐ目の前を往き来する車をぼんやりと眺めていたが、頭が柵からずり落ち、眠り込んだようだ。

自分がここで暮らしていた頃は、ここまで隅に追いやられてはいなかった。

上野公園には二つの大きな看板が新たに掲げられた。

「世界遺産登録へ　国立西洋美術館の本館は、ユネスコ世界遺産の候補に推薦されています」

「今、ニッポンにはこの夢の力が必要だ。２０２０年オリンピック・パラリンピックを日本に！」

世界遺産登録とオリンピック誘致を審査する外国の委員に、ホームレスたちのコヤが目に触れたら、減点対象になるのだろうか。

不忍池は上野動物園内の「鵜の池」と繋がっているが、出口専用の弁天門のブロック塀の上には有刺鉄線が張ってある。

時折、動物園の方から鳥の鳴き声が聞こえる。一羽鳴き出すと、グァァングァ、グァァングァ、ゴァゴァ、ギュルルルルル、キョーエー！　キョッキョッキョッ、キョーエー！　キョーエー！と何種類もの鳥が突如として抑えが効かなくなったように一斉に鳴きはじめる。

パシャッ、と水音がして水面《みなも》を見るが、亀も鯉も顔を突き出していて、どちらが立てた音なのかは判らない。

白い家鴨《あひる》と茶色い鴨が交ざり合った群れが蓮の間を縫うように進んだり、嘴《くちばし》を背中に埋めて休んだり、上半身を水に突っ込んで逆立ちしたり、羽搏《はばた》いて滴を散らしたりしている。家鴨かと思って見ていると、黄色い嘴《くちばし》の先が鉤《かぎ》状に曲がっている。鷗《かもめ》か海猫《うみねこ》だとしたら、どこの海からやってきたのだろうか……この辺りだと晴海埠頭《はるみふとう》か……

伸びた枝先が池に浸かっている柳の木の下で、六十代前半ぐらいの女たちが柵に肘をついておしゃべりをしている。

「なんだか、スズメ、少なくなったと思わない？」

「スズメを捕る仕事があるんだってさ」

「えぇ！　ほんと？」

「バラ図譜」展でタケオさんの話をしていた女たちに違いなかった。二人共、黒い革のバッグを襷掛《たすきが》けにし、栗色に染めた短髪に強めのパーマをかけ、黒とベージュのスラックスに白と黒のブラウスを着ている。背格好といい、服装の傾向といい、似過ぎているので、姉妹か従姉妹なのかもしれない。

彼女たちの足下では、ポポーポポポーポと喉を膨らませた土鳩《どばと》の雄が雌の行く手を遮ってくるくる回っているが、二人は対岸辺りを眺めている。

「スズメの焼き鳥だってあるって話よ」

「あ、スズメ、戻ってきたんじゃない？　ほら、頭の上！」

雀の群れが空からばらまかれたように降ってきて、樹上で二手に分かれ、柳の木と隣の枝垂《しだ》れ桜に止まった。

「あらやだ、うんちポトッとやられたら事だし、雨降りそうだから、そろそろ行きましょうよぉ」

二人は青に変わったばかりの横断歩道を渡り、ホームレスの老女がアミノサプリを買った自動販売機がある坂道を上がっていった。

白いランニングシャツと黒いタイツ姿の坊主頭の若者が、真っ赤な運動靴で坂道を駆け下りてくる。

若者は天龍橋を渡ると、手水舎《ちょうずや》の前で走りやめた。柄杓《ひしゃく》を右手に取って、「洗心」と彫ってある岩の水盤の水をすくって左手を浄《きよ》め、左手に持ち替えて右手を浄め、最後に口を漱《すす》いだ。弁天堂の賽銭箱の前で柏手《かしわで》を打って一礼すると、背中を息で波打たせながら早足で弁天堂の周りの石碑群の前を通り過ぎた。めがね之碑、ふぐ供養碑、扇塚、スッポン感

謝之塔、東京自動車三十年会記念碑、真友の碑、暦塚《こよみづか》、包丁塚――。

若者はウエストポーチから千円札を取り出すと、社務所で絵馬を買い、マジックで願い事を書いて絵馬掛けに吊るした。

「神様ありがとうございます。マラソン無事に完走いたしました。これからもよろしくお願いいたします」

若者は顔から噴き出す汗を首のタオルで拭き拭き、他の絵馬に書かれている他人の願い事を読んでいる。若い頃は、他人の願望にも喪失にも無関心なものだが、勝ち気らしい真っ直ぐな眉の下の黒々とした瞳に明らかな関心を浮かべている。

「英語教室に生徒さんがたくさん来てくれて、良い指導が出来ますように」
「これから仲良く幸せに過ごせますように。支え合い、ずっと一緒に！」
「7月6日のオーディションに合格しますように」
「宝くじ大当たり感謝」

「無事引っ越し出来ますように」

「家族みんなが健康で無事に過ごせますように」

「日本語教育能力検定試験に今年は絶対合格しますように。勉強がんばります」

「娘の目が覚めますように」

「絶対ストレスをエネルギー源に変えてみせる！　絶対リーダーシップのある男らしい人間になってみせる！　絶対初志貫徹！」

「今年こそ、ヤクルトが優勝しますように」

「お父さんとお母さんが元気になりますように」


絵馬をひと通り読み終えると、若者は両手を頭の上で組んで空に向かって伸び上がった。そして、赤い運動靴で参道の玉砂利を撥ね上げ、天龍橋の袂《たもと》に屋台を構えるおでん屋の前を走り過ぎた。


「つり禁止　東京都」

「鳥、猫、魚に餌を与えないで下さい。不忍池　辯天堂」

という立看板がある天龍橋の南側、弁天門を出た辺りの不忍池の鉄柵沿いには、段ボールと毛布を敷いた場所を段ボールで囲っただけのコヤが並んでいる。不忍池周辺ではテントを張ることができないのだ。公園の管理がいい加減だった昔は、鯉を釣ったり鴨を捕ったりして、焚き火を囲んで皆で鍋をつついたりしたそうだが、今は警察や管理事務所が見回りをしているし、不忍池の周りのマンションの住人から台東区役所に苦情の電話がいく。擦れ違う時は誰もが目を背けるが、大勢の人間に見張られているのが、ホームレスなのだ。

コヤに近付くと、つんと鼻を衝く猫の尿の臭いがした。段ボールの中から赤い首輪をした虎猫が出てきて、黒いレインコートのフードを被ったホームレスの足に纏わり付いた。シゲちゃんが飼っていたエミールによく似ている。男が節くれだった手を差し伸べ、トラと呼ぶと、ニャアと返事をし、「トラ、いいコだね、トラや」と頭を撫でると、虎猫は仰向けに倒れて背中をくねらせた。

風が吹き、不忍池の水面に漣《さざなみ》が立って柳の枝がさわさわとそよぎ、池の周りの遊歩道に色取り取りの傘の花が開いた。

エミールに似た虎猫の飼い主は空を見上げ肩を竦《すく》めると、

「トラ、雨だってよ」

と、緑色の傘を広げて段ボールの上に差し掛けた。

「濡れると風邪ひくから、一緒に入ろうな」

と抱き上げて傘に入ると、虎猫はざらざらした舌で、飼い主の喉仏の下の窪《くぼ》みを舐め、飼い主は髭だらけの口元を綻《ほころ》ばせ、「こそばゆい！」とぼろぼろの歯を曝《さら》け出して笑い声を立てた。

雨だ——。

あの日は、夜通し雨が降っていた。

明け方、断続的に強い降りになり、雨がコヤのブルーシートを叩く音で目覚めた。

靴下の中にまで寒さが染み透り、両足の感覚が麻痺していた。

鏡など見なくとも、顔が浮腫《むく》み、目が充血していることがわかった。

死に場所を探して上野公園で何日か過ごすうちにくたびれ果てて、五年間もここに居着いてしまった。

冬場は、辛い。

夜は寒くてよく眠れず、昼の間にコヤから出て猫のように陽溜《ひだ》まりを追いかけてうたた寝する日々は、かつては家族の一員であったことを忘れそうなほど惨めだった。
そしてあの日は、生きていること自体が惨めに思えてくる、とりわけ辛い朝だった。
コヤの戸口に一枚の張り紙がしてあった。

〈下記のとおり特別清掃を実施しますので、テントと荷物を移動してください。

日時　平成18年11月20日（月）雨天決行
午前8時30分までに、現在地から移動すること。
（午前8時30分から午後1時00分までの間は公園内での移動禁止）

①文化会館裏の荷物、仮集積場鋼板・桜並木通り側の荷物、すり鉢山裏のテントと荷物は管理所裏フェンス前に移動してください。
②ボードワン博士像、奏楽堂、旧動物園正門、ごみ集積場、グラント将軍碑付近のテントと荷物は、精養軒付近「お化け灯篭」前に移動してください。
③不忍池、ボート小屋付近のテントは、不忍池の中通りに移動してください。

④西郷像付近のテントはJR側に、荷物は以前、テントのあった側に移動してください。
⑤精養軒付近の植栽にある荷物はカラーコーンで明示した位置より「お化け灯篭」側に移動してください。
⑥テントと荷物を片付けた後に（バッテリー、バール、単管パイプ、刃物類等）の危険物やベニヤ板等は放置しないこと。

上野恩賜公園管理所〉

あの日は、ホームレスの間で「山狩り」と呼ばれる「特別清掃」が行われる日だった。天皇家の方々が博物館や美術館を観覧する前にコヤを畳み、公園の外に出なければならなかった。

雨が、降っていた――。

布団から腕だけ出して時計を顔に近付けると、五時を少し回ったところだった。還暦祝いに妻の節子と娘の洋子が仙台で買ってくれたＳＥＩＫＯの腕時計だった。
「もう、出稼ぎはやんねぇし、働ぐって言ったって畑さ行ぐぐれぇだから、腕時計なんて見ねぇべな。家さは時計あっぺしな」と言ったのは、贈り物をもらうことに慣れていなくて、どんな風にもらえばいいかわからなかったからだ。

「何か身に着けておかいるもんがいいと思って洋子に相談したら、腕時計がいいって言うがら、仙台の藤崎で洋子と二人して、お父《ど》さんに似合う腕時計を選んだんだ。四十八年間も出稼ぎで苦労して、これからはのんびり暮らすがら、時間なんか気にすっごとはねぇんだげんちょも、お父さんは、自分のもの何一つ持ってねぇがらな」

あの時、節子は赤だかオレンジだかの明るい色の洋服を着ていた。その色に、ふさふさとした白い髪がとてもよく映えていた。あの洋服が、冬物のセーターだったのか、春物のボタンシャツか何かだったのかは覚えていない。節子の洋服は、ぼんぼりのようにそこだけ明るく、記憶の中の腕時計を照らしている。

腕時計を箱から出して腕に着ける前に、柱時計を見てみた。腕時計の時間よりも五分進んでいて、ちょうどボーンボーンボーンボーンボーンと五時を知らせた。「さぁ、夕飯の支度しねど」と節子が立ち上がり、台所の方に歩いていくのが聞こえた。帰郷して半年、毎日朝から晩まで一緒に過ごすうちに、姿が見えなくても家の中のどこで何をしているのかは聞き取れるようになっていた。

腕時計の黒い針をじっと見詰める。この腕時計は、節子から自分に贈られたものだが、節子の形見のように思える。そして、このまま野垂れ死ぬとして、万が一でも身元が判る手掛かりとなるのは、この腕時計だろう。仙台の藤崎で母娘《おやこ》で選んだと言っていたから、洋子はこの腕時計を覚えているかもしれない……捜索願いは出したのか……八沢のあの家は……孫の麻里は……胴長犬のコタロウはまだ生きているのか……

起きよう起きようと輾転《てんてん》としているうちにうっかり寝入ってしまい、八沢の家の風呂桶を草履《ぞうり》のまま跨《また》いで、窓から外へ出ようとしている夢をみた。窓枠に片足を掛けた瞬間、もう片方の足の草履が湯の中に落ちてしまった。体勢が不安定なので振り返って姿を見ることはできないが、いま裸で風呂に入ろうとしているらしい妻の節子に、「おめがちゃんと見ででくんにがら、ほだごどになったんだ！　ほだにお湯汚れちまったら、もう浩一や洋子が入らんにべ！」と怒鳴ったその声で目を覚ました。途端に風呂場にもうもうと立ち込めていた温かい湯気が掻き消え、ここは八沢の家ではないし、節子も浩一も死んでいる、という現実に打ちのめされた。夢ン中で家さ帰《けえ》ったっていうごどは、ほんとは帰りてぇんでねぇのか……こそ泥みでぇに土足のまま家さ上がって風呂場の窓から逃げっぺど思うなんて……あんな風に節子を怒鳴ったっていうごどは、突然死んじまった節子のごどを未だに恨んでねぇのが……と、ブルーシートの屋根を射るような威勢になっている雨の音を聞きながら腕時計を見た。五時半だ……いい加減、支度しねぇど……

あの日は十一月二十日、一ヶ月間で五度目の「山狩り」だった。上野公園内や周囲には美術館や博物館が多く、天皇家の方々が訪問されるような展覧会やイベントが立てつづけに行われることもある。御料車《ごりようしや》の経路に上野公園の正岡子規記念球場の前の通りも入っているのだが、通りからは見えない場所にあるコヤまで撤去が強制されるということは、行幸啓《ぎようこうけい》の機会を利用して、上野公園で暮らす五百人ものホームレスを公園から追い出そう、とオリンピックを誘致しようとしている東京都が目論《もくろ》んでいるからだろう。その証拠に、天皇家の方々が皇居や赤坂御用地にお帰りになられた後も数時間はコヤを建てられないし、夜になって元の場所に戻ると、立入禁止の看板や柵や花壇が設置されていて、ホームレスは公園から締め出しを食らって路頭に迷う――、と解っていても、行幸啓の時は、雨が降っていようが雪が降っていようが台風が接近していようが、コヤを畳んで公園の外へ出なければならないのだった。

シゲちゃんが教えてくれた。「行幸とは天皇陛下がお出ましになることで、行啓とは皇后陛下や皇太子殿下がお出ましになることです。それを合わせて行幸啓と言います。エミールや、わたしが直訴状を書くから、黒塗りの御料車が来たら、お願いの儀がございます！　お願いの儀がございます！と飛び出して直訴してくれませんかね。エミールだったら警官にだって取り押さえられないでしょう。伏テ望ムラクハ　聖明矜察《せいめいきょうさつ》ヲ垂レ給ハン事ヲ。臣痛絶呼号《しんつうぜつこごう》ノ至リニ任《た》フルナシ。平成十八年十一月　草莽《そうもう》ノ微臣《びしん》エミール誠恐《せいきょう》誠《せい》惶頓首頓首《こうとんしゅとんしゅ》」とシゲちゃんがエミールの髭回りをこしょこしょとくすぐると、エミールは伸び上がってシゲちゃんの指先に口を擦り付けた。

　天皇家のどなたが上野公園を通るのかは事前には教えてもらえない。天皇皇后両陛下の時もあれば、皇太子同妃両殿下の時もあれば、文仁親王同妃両殿下の時もあれば、他の皇族の時もある。公園管理事務所が「特別清掃」実施についての禁止事項の貼り紙をコヤに貼り付けるのは、早くても行幸啓の一週間前で、二日前の時もあった。

　コヤの解体と撤去は休まずにやれば二時間で片付けられるが、コヤの組み立ては半日はみておかないといけない――、その時間や労力よりも、ブルーシートを取り払い、屋根や壁にしている段ボールやベニヤをはずすと、一瞬にして家財道具が粗大ゴミの山にしか見えないのが、辛かった。コヤの建材は、ブルーシートにしても段ボールにしても一度は捨てられたもので、それを住処《すみか》として組み立てて雨露を凌《しの》いでいるわけだから、仕方ないと言えば仕方ないのだが――。

あの日は、朝六時から解体作業を始めて、リヤカーに積んだ家財道具に雨避けのブルーシートを被せて「す⑦」の荷物調査表をぶら下げたのは、八時過ぎだった。

そこだけ白く乾いているコヤの跡地が、雨に当たってみるみる黒くなり、周りの土地と区別がつかなくなったのを見届けてから、傘を広げて雨の中に踏み出した。

どこへ行くかは、まだ決めていなかった。真冬の雨の「山狩り」の日は、蓄えがあれば、漫画喫茶やカプセルホテルでシャワーを浴びて眠ったり、サウナで休日のような一日を過ごすこともできた。駅のコインロッカーやパチンコ屋の無料ロッカーに貴重品だけ入れて、山手線をぐるぐる回るという手もあった。空いている時間帯は暖房が入った車内で眠れるし、網棚や駅のゴミ箱の雑誌を拾って歩ける――。

でも、あの日は、何日も前から体調が悪く、もしかしたら、知らないうちに大病を患《わずら》っているのかもしれないと思うほど、腹や背中が痛かった。雨の中に出たくなかった。できることなら、蓑虫《みのむし》みたいに布団にくるまっていたかった。

――傘を広げても、顔や肩に横殴りの雨が礫《つぶて》のように当たった。滴が瞼の上を流れて、前がよく見えなかった。犬のように口で息をしながら腕で顔の雨を拭ったが、コートの袖も既にじっとりと濡れていた。雨は首筋から背中へと伝って服に染み込み、首の後ろから寒気が這い上がり、それが頭痛となって忍び寄ってきた。尿意が我慢の限界を越えてもいた。ふらついて倒れないように全身の筋肉に力を入れ、傘を握り締め、一歩一歩、公衆便所へと向かった。

公衆便所で小便をして、見るつもりはなかったのに、洗面台の鏡に映った自分の顔を見てしまった。濡れた髪が頭皮に貼り付いているが、額も天辺も禿《は》げ上がっていて、僅かに残った髪の毛は白髪の方が多かった。寄る年波は髪の毛だけではなく、体の隅々までをも老い込ませる。昔はこんな寒さでがたついたりはしなかった。十二歳で小名浜漁港に出稼ぎに行って、船の中で寝泊まりしていた時も、東京オリンピックの土木工事をやっていた時も、どんなに寒くても、魚網やツルハシが握れないなどということはなかった──。

濡れたコートの中で体が小刻みに震えはじめる。コートの襟《えり》を立て、前を掻き合わせても、震えは収まらない。寒さを紛らわすために足踏みをすると、水が染み込んだ靴の中がびしゃっびしゃっと音を立てて、靴の中にまで雨が染み込んでいるのがわかった。側溝に落ちたわけではないから、靴底に穴が開いているのかもしれない──。

公衆便所から出ると、雨脚は変わらないものの、空が心持ち明るくなったように見えた。

コンビニエンスストアの透明レインコートを着たホームレスが、全財産を載せた台車を両手で押して、公園管理事務所から指定された保管場所へと移動していく。

緑色の制服を着た清掃職員が腰を屈めて、水溜まりの中からゴミらしきものを拾い上げビニール袋に入れている。

ＪＲ上野駅公園口の方から、リュックサックや楽器のケースを背負った若者たちが歩いてくる。傘の中でヘッドホンで音楽を聞いたり、傘を近付けて談笑したり――、上野公園の目抜き通りを直進して東京都美術館脇を抜けたところにある東京藝術大学の学生だろう。

片手に傘を差して自転車で公園内を走り抜ける男――、雨の中で犬の散歩をさせている女もいる。飼い主とお揃いの赤いレイン帽子とレインコートを着せられて、ちょこちょこと水溜まりを避けて歩いているのは、孫娘の麻里が飼っていたコタロウと同じ種類の胴長犬だった。そういえば、「コタロウ」と呼ぶ時は叱る時だけで、普段は孫娘と二人して「コタ」と呼んでいた。「コタ、お座り……お手……違う、ほいづはお代わりだ、ちゃんとお手しねぇどくんにどぉ……お手……よぉし！……コタ、うめぇがぁ、原町の今野畜産のメンチはうまいべぇ」……「おじいちゃん、コタに揚げ物あげちゃダメ！　ダックスフントは足が短くて、太ると椎間板《ついかんばん》ヘルニアになったりするから、体重増加に気を付けないといけないいんだよ。コタ、ご飯の時はおじいちゃんの側に行っちゃダメだよ」……そうだ、コタはダックスフントという種類だった……

中央通りを歩き出すと、園内清掃の回収車が通り過ぎ、泥水を撥ねられてズボンが濡れた。

TOKYO METROPOLITAN SYMPHONY ORCHESTRAと書かれた十トントラックが停まっている東京文化会館の軒下には錆びた青い自転車のスタンドが立ててあり、一人の老いたホームレスが軒下の外で、折り畳みの丸椅子に腰掛けて傘を差していた。膝の上には白い大きな猫が丸くなっていた。目脂《めやに》と洟《はな》で顔が汚れ、口の中からだらんと舌を垂らし、もう長くはなさそうだった。自転車脇の地面に広げられたもう一つの傘の中にはパンの耳が撒いてあり、何羽かの雀がついばんでいた。

中央通りの上野広小路の方から、機動隊の人員輸送車を先頭に、爆発物処理用具運搬車、爆発物処理筒車、暴動などの様子を撮影し、証拠となる映像を採集する採証車などの機動隊車両十台が大噴水前のラジオ体操広場に集まってきた。

腕時計を見ると、八時五十七分だった。機動隊車両は大噴水の前に停車し、輸送車の中から警察官が降りてきて、次々と傘を広げた。深緑の制帽と制服を身に着けゴム長靴を履いた鑑識課の警察犬部隊の警察官が、爆発物探知犬のジャーマン・シェパードに公園内の植え込みという植え込みの臭いを嗅がせるべく歩きはじめた。

九時三十二分――、ホームレスが公園内からの立ち退きを命じられている時間を一時間も過ぎて、花園稲荷神社の坂を下り、不忍池の天龍橋の袂に立った。

ぽつぽつと雨の当たる不忍池の水面に輪投げのような波紋が広がっては消え、広がっては消え――、どこへ行こうか、と考えてはみたものの、体の芯が引き抜かれてしまったみたいで、肩を濡らす雨のひと滴ひと滴にさえ戦慄《おのの》いているように震えが止まらなかった。

不意に、立ち枯れた蓮を眺める自分の眼差しを遮《さえぎ》る無数の雨の筋が、大きな黒い幕のように見えて――、行き場のない閉ざされた自分の生をまざまざと見せつけられる思いがした。もうとっくに幕なんか下りだっつうのに……なんで席立だねんだ……ほだくれぇどごでなに見る気してんだ……

明治時代には競馬場に使われ、明治天皇も御観覧になったという不忍池の周りの遊歩道を、気が付くと歩いていた。道幅は広く、行き交う人の傘と傘は離れたまま擦れ違い、鼓動も、呼吸も、声も聞こえることはない、人、人、人、雨、雨、人……

雨の正月、日吉神社の石段を行き交う郷里の人々が、傘を傾けたりすぼめたりして傘の中で身を細くしながら、「明けましておめでとうございます。今年もよろしくお願いします」と年頭の挨拶を交わす光景が好きだったことを思い出した。時間が過ぎて、出来事が過ぎて、過ぎたそばから消えて無くなればいいのに、残って……引き摺って……

真っ赤な百円コインロッカーが見えて、ホームレスたちの間で「エロっこ映画館」と呼ばれている上野スタームービーの看板に目が留まった。一つのビルに、邦画を二本立て上映するスタームービー、ピンク映画専門の日本名画劇場、ゲイのピンク映画専門の世界傑作劇場の三館が入っている。

五百円のチケット代を払えば、最終回の上映が終わる翌朝五時頃まで、暖房の効いた映画館の柔らかい椅子で眠ることができるので、真冬の雨の「山狩り」の時は「エロっこ映画館」を利用する者が少なくなかった。

劇場に入ると、後ろの方が四、五席埋まっていた。皆ホームレスだったが、自分と同じ摺鉢山の住人はいなかった。上野公園内にも居住地域ごとに縄張りがあって、立ち話をしたり酒を酌み交わしたりというような近所付き合いのみならず、病気で倒れていないかコヤを覗いたり、他所《よそ》からの侵入者が近付かないか目を光らせたりというような緩やかな仲間意識を持っている。

いちばん前の真ん中の座席に身を沈めて前を見た。映画の題名は「夫婦交換　刺激に飢えた巨乳妻」だった。いつもは、目を閉じさえすればすぐに眠ることができるのに、あの日は、駄目だった。眠気を押し退ける何かが自分の内にあった。

後ろから大きな鼾《いびき》が響いてきて、呑んでいるのか、日本酒の臭いも漂ってきた。座席に頭を凭せながら首を左右にバタッバタッバタッと振り、時折「この野郎ッ」とか「馬鹿ッ」とか「くたばっちまえッ」などと罵声《ばせい》を発している者もいた。誰一人観ている者はいなかったが、映写機は回り、映画はスクリーンに映し出されていた。

――大人の玩具販売会社の営業をしている夫は、使用感を知りたい、と自社のバイブレーターを妻に勧める。バイブレーターを使用した妻は夫の肉体を求めるが、仕事に没頭している夫は妻の求めに応じない。一方、夫の直属の上司の妻も悶々《もんもん》とした日々を送っている。出勤する夫を見送った二人の妻は、倦怠期《けんたいき》に陥った夫婦生活の悩みを打ち明け合い、夫を交換することを思い付く――。

画面には絡み合う男と女の裸が映し出され、自分はもう何を観ているかわからなくなっていた。眼の奥がズキンズキンと痛み、外やコヤの中では気にならない自分の饐《す》えた臭いが鼻を衝いた。寒気がして、厭《いや》な汗が毛穴という毛穴からじわじわと滲み出し、酸っぱい胃液が込み上げて口中に広がった。げっぷを一つすると、そのまま吐いてしまいそうだったので、前屈みの姿勢で席を立って劇場の外に飛び出した。

雨は、傘で顔を隠す通行人ひとりひとりの傍らで静かに話しかけるような降りになっていたが、寒さは雪に変わらないのが不思議なほど厳しかった。

――歩いていた。寒さと頭痛に縛り上げられ、自分が自分から押し出されてしまいそうだったが、足だけは前に、前に、動かしていた。はっきりとそう決めていたわけではないが、シゲちゃんが行くと言っていた図書館に向かっていたような気がする。

横断歩道を渡ろうとしたら、信号が赤になった。還暦祝いの腕時計を見ると、十二時二十九分――、「特別清掃」の貼り紙には「午前8時30分から午後1時00分までの間は公園内での移動禁止」と書いてあった。移動を禁じられた時間より前に公園に戻ったことはない。でも、戻ったとして、何の不都合になるのか？　何の違反になるのか？　何を害したり、侵したりするというのか？　誰が困って、誰が怒るのだろうか？　自分は悪いことはしていない。ただの一度だって他人様《ひとさま》に後ろ指を差されるようなことはしていない。ただ、慣れることができなかっただけだ。どんな仕事にだって慣れることができたが、人生にだけは慣れることができなかった。人生の苦しみにも、悲しみにも……喜びにも……

中央通りの高架下を潜ってエスカレーターを上ると、二〇〇〇年にパンダ橋が架けられたことによってできた上野駅でいちばん新しい改札口が見えた。パンダ橋口改札の脇には、透明なアクリル板のケースに入った三メートルのジャイアントパンダの人形が飾られている。パンダ橋を往き来する人通りは疎《まば》らだった。擦れ違う人の脚と水溜まりばかり見えるということは、自分は背中を丸めて俯《うつむ》いて歩いているのだろう、悪事を働いて引き立てられていく囚人みたいに——。

鳩が一メートルほど先の欄干《らんかん》に止まり、首をこちらに伸ばしている。人間の視線の対象になることに馴れているらしい鳩は、足下に舞い降りると、もうちょっとで踏み付けそうなほど近付いても、何歩か脇にずれるだけで飛び立とうとはしなかった。ホームレスがパンの耳か何かで餌付けしたのかもしれない——、晴れた日にはホームレスが跨線橋《こせんきょう》の鉄柵に寄り掛かって食べたり寝たりしているが、今日は一人もいない。

水溜まりの中に黒いBB弾が一つ落ちているのが見える。どこかの子どもがエアガンで、地べたに寝そべっているホームレスを狩ったのか——、プラットホームで電車を待つ乗客を狙って撃ったのか——。

跨線橋の下には、宇都宮線・東北線、高崎線、常磐線、上越線、京浜東北線、山手線内回り、外回りのホームが並んでいる。

パンダ橋の上からホームレスが電車に飛び込んで自殺した、と警察が摺鉢山のテント村に聞き込みに来たことがあった。その男のコヤは国立科学博物館前のテント村にあったそうだが、本名や出身地など身元が判る手掛かりになるような遺品は何一つなく、話をする仲間もいなかったという。彼が上野恩賜公園の外で生きた痕跡《こんせき》は見つからなかった――。

パンダ橋を渡って階段を上がると上野恩賜公園だった。規制線は張られていなかったし、アナウンスも流れていなかった。公園の中にはいつもと同じ日常が流れていた。通勤や通学で毎日決まった時間にこの公園を通り抜けている人々も、ベンチにホームレスが座っていないこと、ブルーシートや段ボールのコヤが撤去されていることにはおそらく気付かないだろう。「特別清掃」で清掃されるのは彼らの家ではないし、「山狩り」で狩られるのは彼らではないからだ。

彼らは気付いていないだろう――、正岡子規記念球場の前で若い男に職務質問をしている警察官や、私服と制服半々ぐらいの数で目抜き通りに沿って待機している警察官たちや、国立西洋美術館の屋上で眼下を見張っている私服警官や、低空飛行で公園上空を旋回しているヘリコプターにも――。

すると、東京文化会館の前に私服警官が集まってきて、歩行者が通りを横断できないように黒と黄の縞模様のトラロープを張り、駅の方から歩いてくる人たちと、動物園の方から歩いてくる人たちに説明を始めた。

「これから十分間、通行止めにします。お急ぎの方は、公園の外からお回りください」

通行人たちが傘を手に下げているのを見て雨が止んだことに気付き、傘を閉じて腕時計を見た。

――十二時五十三分だった。

「なんかあるんスか？」

ブルージーンズの上にダッフルコートを着た大学生風の男が、背広姿の刑事に訊ねた。

「これから、天皇陛下の御料車が通ります」

刑事というよりは、露店の鉄板で焼きそばを炒めているのが似合いそうな角刈りのずんぐりした男だった。

「へぇ、超ラッキー！　ナマ天皇陛下じゃん！」

「え？　天皇陛下？」

「ヤだ！　天皇陛下だって！　せっかくだから、見てく？　もうすぐ来ますか？」

「もう、いらっしゃいますよ」

「ヤだ！　写メ写メ！　お母さんに送ってあげよ」

「車、どっち側が天皇陛下ですか？」

「こっち側です。あっち側は皇后陛下ですね」

「え？　なんで、天皇陛下がこんなとこ通るんですか？」

「日本学士院で行われた日本芸術振興会の国際生物学賞の授賞式に出席されたんですよ」

国立科学博物館の方から先導の白バイが見えて、腕時計を見ると、一時七分だった。

白バイの後に黒塗りの車がつづいて、御料車が近付いてきた。

紅地に金の十六弁の菊紋がある「天皇旗」をボンネットに付けたトヨタ・センチュリーロイヤルだった。ナンバープレートの部分にも金の菊紋が入っている。

後部座席——、刑事の説明通り、運転席の後ろが天皇陛下で、助手席側が皇后陛下だった。

偶然居合わせた三十人ほどの通行人が御料車に向かって手を振ったり携帯電話を構えたりし、「本物だ！」「すごい近い！　二メートルないんじゃない？」「テレビみたい！」などというどよめきが湧き起こった。

時速十キロメートルで徐行していた車がゆっくりと歩くぐらいの速度になり、後部座席の窓が開いた。

てのひらをこちらに向け、揺らすように振っているのは天皇陛下だった。

駅側の人々に手を振っていた皇后陛下もシートから背中を離してこちらに会釈をし、きれいに指を揃えた白いてのひらを揺らした。皇后陛下のお召し物は、白や薄紅色や鴇色《ときいろ》や茜色《あかねいろ》の散り紅葉が肩山から共衿《ともえり》を流れる灰桜色の染め小紋だった。

目と鼻の先に天皇皇后両陛下がいらっしゃる。お二人は柔和としか言いようのない眼差しをこちらに向け、罪にも恥にも無縁な唇で微笑《ほほえ》まれている。微笑みから、お二人の心は透けては見えない。けれども、政治家や芸能人のように心を隠すような微笑みではなかった。挑んだり貪ったり彷徨ったりすることを一度も経験したことのない人生――、自分が生きた歳月と同じ七十三年間――、同じ昭和八年生まれだから間違えようがない、天皇陛下はもうすぐ七十三歳になられる。昭和三十五年二月二十三日にお生まれになった皇太子殿下は四十六歳――、浩一も生きていれば四十六歳になる。浩宮徳仁親王と同じ日に生まれ、浩の一字をいただき、浩一と名付けた長男――。

自分と天皇皇后両陛下の間を隔てるものは、一本のロープしかない。飛び出して走り寄れば、大勢の警察官たちに取り押さえられるだろうが、それでも、この姿を見てもらえるし、何か言えば聞いてもらえる。

なにか——。

なにを——。

声は、空っぽだった。

自分は、一直線に遠ざかる御料車に手を振っていた。

声が、聞こえた——。

昭和二十二年八月五日、原ノ町駅に停車したお召し列車からスーツ姿の昭和天皇が現れ、中折れ帽のつばに手を掛けられ会釈をされた瞬間、「天皇陛下、万歳！」と叫んだ二万五千人の声——。

三十歳の時に東京に出稼ぎに行く腹を決め、東京オリンピックで使う競技場の建設工事の土方として働いた。オリンピックの競技は何一つ見なかったけれど、昭和三十九年十月十日、プレハブの六畳一間の寮の部屋でラジオから流れてきた昭和天皇の声を聞いた。

「第十八回近代オリンピアードを祝い、ここにオリンピック東京大会の開会を宣言します」

昭和三十五年二月二十三日、節子が産気付いていた時に、ラジオから流れてきたアナウンサーの快活な声――。

「皇太子妃殿下は、本日午後四時十五分、宮内庁病院でご出産、親王がご誕生になりました。御母子共にお健やかであります」

不意に、涙が込み上げた。涙を堪えようと顔中の筋肉に力を入れたが、吸う息と吐く息で肩が揺さぶられ、両手で顔を覆っていた。

――背後で足を引き摺るような音がして振り向くと、ホームレスだった。長過ぎるコートを着て、靴の踵《かかと》を踏んで歩いていた。東京文化会館の裏にも、ブルーシートで覆った荷物を載せ、持ち手に傘をぶら下げた台車を両手で押しているホームレスがいた。

警察官たちがパトカーや人員輸送車に乗り込み、公園から出ていくのが見えた。

「山狩り」が終わった。

雨の匂いがする。雨は降っている最中より、上がった直後の方がよく匂う。東京はどこもかしこもアスファルトで覆われているけれど、公園の中には木と土と草と落ち葉があって、雨がそれらの匂いを引き出しているのだろう。

三十代の頃、残業は二割五分増しだったから毎日残業をした。雨上がりの夜、駅に向かって歩いていると、勤め帰りのサラリーマンの波に呑まれ、この人たちは家族の待つ家に戻るのだな、とネオンがてらてら反射する濡れたアスファルトを泥靴で踏みながら雨の匂いを嗅いだ——。

西の空は雲の裂け間から陽が射していたが、東の空にはまたいつ降り出してもおかしくないような雨雲が垂れ込めていた。

水のせせらぎのような音がして、文化会館の方を見たが、雨樋から水が落ちているのか、空調の中を水が回っているのかは判らなかった。

空を見上げ、雨の匂いを嗅ぎ、水音を聞いているうちに、いまこれから自分がしようとしていることをはっきりと悟った。悟る、という言葉を思い付くのは、生まれて初めてだった。何かに捕らわれてそうしようというのではなく、何かから逃れてそうしようというのではなく、自分自身が帆《ほ》となって風が赴《おもむ》くままに進んでいくような——、寒さや頭痛はもう気にならなかった。

公孫樹の葉の黄色が溶かした絵の具のように目に流れ込んできた。いま舞っている葉も、雨に濡れ人に踏まれた葉も、まだ枝に付いている葉も、一葉一葉が勿体《もったい》ないほど黄色く輝いて——。

ホームレスになってからは、落ちた銀杏の実にしか目がいかなかった。ビニール手袋をはめて一つ一つ拾い上げ、レジ袋がいっぱいになったら水飲み場に持っていって臭い皮の部分を洗い落とし、新聞紙の上に広げて干して、アメ横でキロ七百円で引き取ってもらう——。

ひゅうっと木枯らしが吹き、視界一面に黄色い葉が舞い散った。巡り変わる季節とはもう関わりを持つことはない——、それでも光の使者のような黄色から目を離すことは惜しい気がした。

ピヨッ、ピヨピヨッと視覚障害者用の誘導音がして山下通りの向こうを見ると、信号が青に変わっていた。

横断歩道を渡る。

ポケットから小銭を取り出し切符を買う。

ＪＲ上野駅公園口の改札を通る。

案内板の「東北新幹線はやて　新青森行」の文字が目に入り、あれに乗れば四時間半後には鹿島の駅に着く――、と思ったが、その揺らぎは鼓動の一つが受け止め、もう望郷の念で胸が高鳴ったり、胸が締め付けられたりすることはなかった。

いくつもの道が過ぎ去った。

目の前には一つの道しか残されていない。

それが帰り道かどうかは、行ってみないとわからない。

山手線内回りの２番線の階段を下りていく。

プォォン、ゴォー、ゴトゴト、ゴトゴトゴト、ゴト、ゴト……階段の中頃で一人の女とぶつかりそうになった。赤いコートに少女のようなおかっぱ頭が映える小柄な三十代半ばぐらいの女……ゴットン、ゴットン、ゴ、トン、ゴ……携帯電話の画面に顔を近付けたまま階段を上ってきて、直前に弾かれたように気付き、あ、すみません、と青白く生彩のない顔で謝った。ホームレスだ、というような驚きが一瞬掠《かす》めた女の顔には、願いが挫《くじ》かれたばかりのような翳《かげ》りがあった。階段が終わりに近付いた時に足を止め振り向いてみると、赤いコートの背中は階段を上り切ったところだった……トン、ブーン、ルゥー、ブシュウーキキ、キキ、キィ、キ……キ……キ……ゴトッ……シュー、ルルル、コト……彼女が目撃しないで済んだ、ということに少しほっとした。彼女の携帯電話に届いた知らせは凶報だったのだろうが、たぶん、今夜は眠るだろうし、朝起きれば顔を洗って何かを食べるだろうし、化粧と着替えをして出掛けるだろう。そうやって人生はつづいていく。暦には昨日と今日と明日に線が引かれているが、人生には過去と現在と未来の分け隔てはない。誰もが、たった一人で抱え切れないほど膨大な時間を抱えて、生きて、死ぬ――。

山手線内回りを一本見送り、次の電車が到着するまでの三分間、自動販売機で炭酸のジュースを買って、二口だけ飲んでゴミ箱に捨てた。

「まもなく2番線に池袋・新宿方面行きの電車が参ります、危ないですから黄色い線までお下がりください」

黄色い線の上に立って目を閉じ、電車が近付いてくる音に全身を傾けた。

プォォォン、ゴォー、ゴトゴト、ゴトゴトゴトゴト、ゴト、ゴト……

心臓の中で自分が脈打ち、叫び声で全身が撓《たわ》んだ。

真っ赤になった視界に波紋のように広がったのは、緑だった。

田圃……水張って、田植え終わったばっかりの今年の田圃……夏んなったら毎日草取りしねどなんねなぁ……稗《しえ》は稲とよぐ似でで、稲の養分を吸い取っちまうがら、注意してよっくど見でねど……田圃の緑が後ろさ飛んでいぐ……汽車さ乗ってんのが？……あぁ常磐線だ……原ノ町駅がら鹿島駅さ向かって走ってんだな……新田川だ……川の上さ顔近付けでみっか……尾鰭《おびれ》ごどをうんと早く動がして水の流れさ息合わせで止まってるみでに見える銀色の魚……春んなって海がら川さ戻ってきた若鮎の群れだ……川辺の野原に降り注ぐ眩しい光……


一瞬一瞬が光り輝き、影を帯びている。目に映る全てが明るくくっきりとし過ぎて、風景を見ているのではなく風景から見られているように感じられた。喇叭水仙、たんぽぽ、ふきのとう、花韮《はなにら》の一つ一つから見られている――。

歩き出した体は風に押されるようで、浜を歩いているのだとすぐにわかった。ザーザーという単調な波音と共に潮の香が鼻腔いっぱいに広がった。風や雨や花の匂いとは異なり、潮の匂いは蜘蛛《くも》の巣《す》のように肌に貼り付いて留まる。

子どもの頃から見慣れた右田浜を歩いているのに、立ち入ってはいけない場所に入り込んでしまったようで、麦藁帽子のつば越しに空を見上げた。

太陽がある。

振り返って見た。

濡れた砂地の上に足跡がある。

目を細めて海を見た。

空と海が接する辺りは鋼のように滑らかだが、海と砂が接する辺りは、波が白く砕けて細かく泡立ち、今さっき呑み込んだばかりの貝殻や海藻や砂を忙《せわ》しなく吐き出している。

時折海から風がやってきて、松林の枝々をザザザッと揺らし、新しく芽吹いた松葉の匂いを吹き添えて、生暖かい吐息のように頬を撫でていく。

風の後ろ姿を目で追って、見てから、それが生まれ育った北右田の部落だと気付いた。

我が家は海から見えないはずなのに、はっきりと屋根が見えた。

空は青く張り詰めていたが、地平線に沿って斑《むら》のない灰色の層のような大きな雲があるのが見えた。

海鳥の群れが鋭い声で鳴き、松林から一斉に飛び立ち、上空の風に乗って滑るように飛び交うのが見えた。

グォーッとジャンボジェット機が離陸するような地鳴りがして、音という音が鎮まった一瞬の後、地面が揺れた。

電信柱が時化《しけ》の海を行く船のマストのように揺れるのを見た。

トマト栽培のビニールハウスから飛び出た人々がじゃがいも畑に両手をついて四つん這いになり、悲鳴を上げて抱き合い、軽トラックにしがみつくのを見た。

揺さぶられた杉の木から花粉が舞い上がり、周囲の空気を薄黄色く染めるのを見た。

ブロック塀が崩れ、屋根瓦が落ち、マンホールが浮き上がり、道路が罅割《ひびわ》れ、水が噴き出すのを見た。

防災無線のサイレンがけたたましい音を立てて繰り返した。

「津波警報が発令されました。到達予定時刻は、三時三十五分です。最大七メートルの津波が予想されます。高台に避難してください」

パトカーと消防車が海に向かってサイレンを鳴らしながら猛スピードで走り、ハンドマイクで「津波が来るので避難してください！」と連呼した。

防波堤の上で、地平線のような一直線の白波が陸に近付いてくるのを見ていた人々が弾かれたように「津波来っど！」「逃げろ！」と叫んで走り出した。

津波は松林の上で砕け、土煙を上げながら船を巻き上げ、木をへし折り、畑を流し、家を壊し、庭を潰し、車を巻き込み、墓石を倒し、家の屋根、壁の木切れ、窓のガラス、船の重油、車のガソリン、テトラポッド、自動販売機、布団、畳、便器、ストーブ、机、椅子、馬、牛、鶏、犬、猫、人、人、男、女、年寄り、子ども——。

国道六号線を走ってくる車があった。

運転しているのは孫娘の麻里で、助手席に乗っているのは胴長犬のコタロウだった。家の前で車を停めて降り、庭の犬小屋に繋いである柴犬の鎖を手にした。また別の捨て犬を引き取って飼っているに違いない。犬を抱いて車に乗り、バタンとドアを閉めた。エンジンを掛けたその時、バックミラーに黒い波が映った。

麻里はハンドルを握ってアクセルを踏み、バックのまま国道六号線に向かったが、黒い波が車を追い掛け、呑み込んだ。

引き波に持って行かれ、孫娘と二匹の犬を乗せた車が海中に沈んだ。

潮の息遣いが静かになった時、車は海の光に包まれていた。フロントガラス越しに麻里の動物病院のピンク色の制服が見えた。鼻や口には海水が入り、波に漂う髪の毛は光の加滅で茶に見えたり黒に見えたりした。見開いた両目は眼差しを失くしていたが、きらきらと輝く黒い裂け目のようだった。娘の洋子そっくりで、妻の節子から受け継いだ切れ長の目だった。胴長犬のコタロウと柴犬も、麻里と一緒に車の中で息絶えていた。

抱き締めることも、髪や頬を撫でることも、名前を呼ぶことも、声を上げて泣くことも、涙を流すこともできなかった。

犬の鎖を握り締めた麻里の右手の白くふやけはじめた指紋の渦をじっと見ていた。

少しずつ少しずつ光が薄れていき、昏睡《こんすい》に陥ったように海が鎮まった。

孫娘の車が闇に融けて見えなくなると、水の重さを背負った闇の中から、あの音が聞こえてきた。

プォォォン、ゴォー、ゴトゴト、ゴトゴトゴトゴト、ゴト、ゴト……

様々な色の服を着た人、人、男、女の姿が闇の中から滲み出し、ゆらゆらとプラットホームが浮かび上がった。

「まもなく2番線に池袋・新宿方面行きの電車が参ります、危ないですから黄色い線までお下がりください」

あとがき

この小説を構想しはじめたのは、十二年前のことです。

二〇〇六年に、ホームレスの方々の間で「山狩り」と呼ばれる、行幸啓直前に行われる「特別清掃」の取材を行いました。

「山狩り」実施の日時の告知は、ホームレスの方々のブルーシートの「コヤ」に直接貼り紙を貼るという方法のみで、早くても実施一週間前、二日前の時もあるということで、東京在住の友人に頼んで上野公園に通ってもらい、貼り紙の情報を送ってもらいました。

上野恩賜公園近くのビジネスホテルに宿泊し、ホームレスの方々が「コヤ」を畳みはじめる午前七時から、公園に戻る五時までのあいだ、彼らの足跡を追いました。

真冬の激しい雨の日で、想像の何倍も辛い一日でした。

「山狩り」の取材は、三回行いました。

彼らと話をして歩き、集団就職や出稼ぎで上京してきた東北出身者が多い、ということを知りました。彼らの話に相槌を打ったり質問をしたりしていると――、七十代の男性が、わたしとのあいだの空間に、両手で三角と直線を描きました。

「あんたには在る。おれたちには無い。在るひとに、無いひとの気持ちは解らないよ」と言われました。

彼が描いたのは、屋根と壁――、家でした。

その後、八年の歳月が過ぎ、わたしはこの作品のことを気に掛けながら、五冊の小説と二冊のノンフィクションと二冊の対談集を出版しました。

二〇一一年三月十一日に東日本大震災が起きました。

三月十二日に東京電力福島第一原子力発電所一号機が水素爆発、十四日に三号機が水素爆発、十五日に四号機が爆発しました。

わたしは、原発から半径二十キロ圏内の地域が「警戒区域」として閉ざされた四月二十二日の前日から原発周辺地域に通いはじめました。

二〇一二年三月十六日からは、福島県南相馬市役所内にある臨時災害放送局「南相馬ひばりエフエム」で、毎週金曜日「ふたりとひとり」という三十分番組のパーソナリティを務めています。

南相馬在住・南相馬出身・南相馬に縁がある「ふたり」と話をするという内容です。二月七日現在で、第九十四回まで放送されたので、二百人以上（ゲストが三人以上の時もあるので）の方々とお話をしたことになります。

放送とは別に、南相馬市内（主に鹿島区）にある仮設住宅の集会所を訪ね、お年寄りのお話を聞きに行くこともあります。

この地に原発を誘致する以前は、一家の父親や息子たちが出稼ぎに行かなければ生計が成り立たない貧しい家庭が多かった、という話を何度も耳にしました。

家を津波で流されたり、「警戒区域」内に家があるために避難生活を余儀なくされている方々の痛苦と、出稼ぎで郷里を離れているうちに帰るべき家を失くしてしまったホームレスの方々の痛苦がわたしの中で相対し、二者の痛苦を繋げる蝶番のような小説を書きたい――、と思いました。

それから、南相馬と鎌倉の自宅を往き来するあいだに、上野公園近くのホテルに泊まるようになりました。

上野公園は、わたしが最初に「山狩り」の取材をした二〇〇六年から比べると、劇的にきれいになり、ホームレスの方々は限られたエリアに追いやられていました。

昨年、二〇二〇年の東京オリンピック・パラリンピック開催が決定しました。

先日、東京五輪の経済効果が二十兆円、百二十万人の雇用を生むと発表されました。宿泊・体育施設の建設や、道路などの基盤整備の前倒しが挙げられ、ハイビジョンテレビなどの高性能電気機器の購入や、スポーツ用品の購入などで国民の貯蓄が消費に回され景気が上向きになるとも予想されています。

一方で、五輪特需が首都圏に集中し、資材高騰や人手不足で東北沿岸部の復旧・復興の遅れが深刻化するのではないかという懸念も報じられています。

オリンピック関連の土木工事には、震災と原発事故で家や職を失った一家の父親や息子たちも従事するのではないかと思います。

多くの人々が、希望のレンズを通して六年後の東京オリンピックを見ているからこそ、わたしはそのレンズではピントが合わないものを見てしまいます。

「感動」や「熱狂」の後先を――。

最後に本書を出版するに際して――、
一九六四年に開催された東京五輪の体育施設の建設工事の出稼ぎの詳細をお話しいただいた、南相馬市鹿島区にある角川原仮設住宅にお住まいの島定巳さん、ありがとうございました。

原発を誘致する以前の相双（相馬・双葉）地区の様子を教えてくださった、小学校の教員をなさっていた菅野清二さん、ありがとうございました。

相双地区における真宗移民の歴史を教えてくださった南相馬市鹿島区・勝縁寺のご住職・湯澤義秀さん、同市原町区・常福寺のご住職・廣橋敬之さん、ありがとうございました。

細かい方言指導と時代考証をしてくださった鹿島区の佐藤和哉さん、ありがとうございました。
そして、この小説の完成を粘り強く待ってくださった『文藝』の高木れい子編集長と、わたしと主人公と共に物語の時間を歩んでくださった担当編集者の尾形龍太郎さん、ありがとうございました。

二〇一四年二月七日

柳美里

［参考文献］

菅野清二・手記『がんこらあだまのへでなししゃべぐり』
沖野岩三郎『八沢浦物語』金の星社
池端大二『加賀泣き伝説の行方を訪ねて　真宗移民と北海道開拓者』文芸社
岡橋徹栄『浄土真宗マンガ仏事入門―おしえて法事・葬式・お仏壇』本願寺出版社
『喪主のハンドブック浄土真宗のお葬式』双葉社
豊原大成『浄土真宗本願寺派　葬儀・中陰勤行聖典　解説と聖典意訳』自照社出版
『意譯　真宗勤行集』百華苑
『わが家の宗教を知るシリーズ　浄土真宗本願寺派のお経』双葉社
『わが家の宗教を知るシリーズ　うちのお寺は浄土真宗本願寺派』双葉社
太田浩史『相馬移民と二宮尊徳』私家版
井之口章次『日本の俗信』弘文堂
岩崎敏夫『本邦小祠の研究―民間信仰の民俗学的研究』岩崎博士学位論文出版後援会
堀一郎『宗教・習俗の生活規制』未來社
山本雅人『天皇陛下の全仕事』講談社現代新書

浦井正明『「上野」時空遊行―歴史をひもとき、「いま」を楽しむ』プレジデント社
豊島寛彰『上野公園とその付近』（上・下）芳洲書院
小室明『スーツホームレス』海拓舎
風樹茂『ホームレス入門　上野の森の紳士録』角川文庫
三山喬『ホームレス歌人のいた冬』東海教育研究所
長嶋千聡『ダンボールハウス』ポプラ社
増田明利『今日、ホームレスになった　15人のサラリーマン転落人生』彩図社
村田らむ『ホームレスが流した涙』ぶんか社文庫
『愛犬の友』（二〇〇七年四月号）誠文堂新光社
ピエール＝ジョゼフ・ルドゥーテ『Les Roses バラ図譜』河出書房新社
日本ばら会編『ＮＨＫ趣味の園芸　人気品種と育て方　バラ』ＮＨＫ出版
梶みゆき『オールドローズ・ガーデン』小学館
難波光江『バラの庭づくり』世界文化社

＊

上野の杜を歩く。　http://taito-culture.jp/history/kaneiji.html

柳美里
YU MIRI
★

一九六八年生まれ。高校中退後、東由多加率いる「東京キッドブラザース」に入団。役者、演出助手を経て、八六年、演劇ユニット「青春五月党」を結成。九三年『魚の祭』で岸田國士戯曲賞を最年少で受賞。九七年『家族シネマ』で芥川賞を受賞。著書に『フルハウス』（泉鏡花文学賞、野間文芸新人賞）、『ゴールドラッシュ』（木山捷平文学賞）、『命』、『8月の果て』、『ファミリー・シークレット』、『ピョンヤンの夏休み』、『グッドバイ・ママ』、『自殺の国』、『沈黙より軽い言葉を発するなかれ』他多数。
＊オフィシャルサイト　http://yu-miri.jp

初出／『文藝』二〇一二年冬季号、同二〇一三年春季号、同二〇一三年夏季号、同二〇一三年秋季号、同二〇一三年冬季号

JR上《うえ》野《の》駅《えき》公園《こうえん》口《ぐち》

★

二〇一四年三月三〇日　初版発行
二〇二一年二月一〇日　7刷発行

著者★柳美里
装幀★鈴木成一デザイン室
装画★髙﨑紗弥香「GIGUE #8」(2013年/329×483㎜/写真/gallery eerunomori)
発行者★小野寺優
発行所★株式会社河出書房新社
東京都渋谷区千駄ヶ谷二-三二-二
電話★〇三-三四〇四-一二〇一[営業]〇三-三四〇四-八六一一[編集]
http://www.kawade.co.jp/
組版★株式会社キャップス
印刷★株式会社亨有堂印刷所
製本★小泉製本株式会社

Printed in Japan
落丁本・乱丁本はお取り替えいたします。

ISBN978-4-309-02265-9

河出書房新社 中村文則の本

NAKAMURA FUMINORI

掏摸《スリ》

これから三つの仕事をこなせ。失敗すれば、お前を殺す。逃げれば、あの女と子供を殺す——大江健三郎賞を受賞し各国で翻訳されたベストセラー。(河出文庫)

王国

その者を、人は「化物」と呼んだ——絶対悪 VS 美しき犯罪者の戦いが、いま幕を開ける。究極の「悪」を生んだベストセラー『掏摸』の兄妹編。